Vantell J. LaRoche

Adam Coon

–

Ein letztes Wiedersehen

mit dem Tod

Roman

Bibliografische Information der Deutschen
Nationalbibliothek:
Die Deutsche Nationalbibliothek verzeichnet diese
Publikation in der Deutschen Nationalbibliografie;
detaillierte bibliografische Daten sind im Internet über
http://dnb.dnb.de abrufbar.

02ter November 2021

2024 2te Neuauflage
Verlag: BoD • Books on Demand GmbH, In de
Tarpen 42, 22848 Norderstedt
Druck: Libri Plureos GmbH, Friedensallee 273,
22763 Hamburg
ISBN: 978-3-7597-7567-2

WIDMUNG

Wie man sich täuschen kann,

wenn man sich täuschen will in einem Menschen.

Wie man ihn zu etwas Besonderem macht,

wenn man etwas Besonderes braucht.

Wie man sich Illusionen machen kann,

wenn man die Wahrheit nicht wahrhaben will -

bis sie dann wie der Blitz einschlägt in die Galerie

der Wunschbilder und nichts hinterlässt

als Schall und Rauch.

Hans Kruppa „Schall und Rauch"

An alle Optimisten und Pessimisten da draußen.

DER AUTOR

Vantell J. LaRoche. Ein Pseudonym, hinter dem sich ein junger Schreiberling versteckt - im wahrsten Sinne.

Denn Vantell wurde 2002 in der kleinen Stadt Görlitz geboren.

Im Jahre 2012 fand der Schreiberling die Liebe zur Literatur und Fremdsprachen und verfasst seither auch eigene Werke. Das bislang größte Projekt dabei ist die Buchreihe um Adam Coon. Mit abertausenden Worten, Sarkasmus und schlechten Witzen wird das Leben des Coons mit Höhen und Tiefen gestaltet.

WERKE

Adam Coon - Der Tod serviert mit Essig, Band 1

Adam Coon - Der Tod im Klärwerk, Band 2

Adam Coon - Der Tod in Person, Band 3

Adam Coon - Ein letztes Wiedersehen mit dem Tod, Band 4

PROLOG

25. Juni, 2018.

Wie ein Falke in seinem Horst beobachtete er das dürftige Treiben in New Yorks Straßen. Er löste die Manschettenknöpfe an seinem Hemd, ließ sie in seine Westentasche gleiten. Abwesend krempelte er die Ärmel hoch. Sein Atem zitterte. Er war angespannt, überarbeitet, gelangweilt von sich selbst. Mit Daumen und Zeigefinger rieb er seinen Ringfinger. Seit zwei Jahren erschwerte ihn kein Ring mehr, doch das würde sich bald ändern.

Er hatte gewusst, was die Wall Street sagte und auch, was Donald Trump anstellte. Solange ich das Geld habe, hatte er sich gesagt, werde ich es bis aufs Letzte ausreizen. Wenn er jetzt daran dachte, würde er sich am liebsten die Haare ausreißen. Wie war er nur auf die Idee gekommen? Zu wenig Geld hatte er ins Ausland gebracht oder in Immobilien investiert und eindeutig zu viel für Autos ausgegeben. Für ihn waren die Autos nur noch Staubfänger in der Garage. Er lehnte seine kaltschweißige Stirn gegen das warme Fensterglas und schloss die Augen. Stille. Ruhe. Einsamkeit. Das laute Hämmern einer nervösen Stimme an seiner Tür ließ seine Schultern verkrampfen. „Scheiße, was!", fluchte er. Die Tür öffnete sich einen Spalt weit und eine kleine Frau schlüpfte in das Büro. Mit großen Augen schaute sie ihn an. Hatte er sie eingeschüchtert? Wahrscheinlich.

„Es … I-ich ...", stammelte sie.

„Reißen Sie sich am Riemen, Miranda. Sie wissen, ich hasse dieses Gestotter."

„Die sind hier. Ich weiß nicht, warum -"

„Wer ist hier? Miranda, wie oft soll ich es Ihnen noch sagen, damit Sie es endlich in Ihr kleines Hirn hineinkriegen? Ich bestehe darauf -" Das Auffliegen seiner Tür unterbrach ihn. Eine Handvoll Menschen stürmte mit gezogenen Waffen sein Büro und vier Dutzend weitere filzten den kompletten Tower. Sein Herz setzte einen Schlag aus, rückwärts stolperte er gegen den Tisch.

„D-E-A! Hände hoch und keine Bewegung." Er runzelte die Stirn. DEA? Was sollte das? Was wollten die von ihm oder seiner Firma? Er hatte nichts mit Drogen zu tun. „Ich sagte, Hände hoch!" Er zuckte mit keinem Muskel. Nichts dergleichen würde er tun. Dieser Idiot von Agent wusste wohl nicht, vor wem er stand. Mit seinem stillen Protest kam er nicht weit. Die Agents packten ihn grob an den Armen und legten Handschellen an. „Sie sind Beschuldigter in einem Strafverfahren bezüglich illegalen Drogenbesitzes, Handels, einschließlich der Herstellung. Sie sind festgenommen."

„Wollen Sie mich verarschen?", keifte er, das Blut in seinen Adern brodelte. Er bewegte sich ruckartig, versucht darauf, losgelassen zu werden. „Wollen Sie mich verarschen!", wiederholte er aggressiv. „Lassen Sie mich, verdammt nochmal, los. Ich habe mit der Scheiße nichts zu tun!" Die Agents schüttelten die Köpfe und führten ihn aus seinem Büro heraus. Er sah, wie einer der Beamten einen ganzen Karton voller weißer Päckchen zum Fahrstuhl trug. Seine Angestellten und ein paar wenige Geschäftspartner starrten ihn geschockt an. „Wichser!", zischte er. „Alles nur kleine, erbärmliche Wichser hier. Wenn ich herausbekomme, wer dafür verantwortlich ist, wer mir diesen Scheiß anhängen will … Ich bringe euch um! Nein, besser, ich lasse euch umbringen, damit ich genüsslich zuschauen kann!" Er spuckte die Worte förmlich aus, bevor er sich mit dem Gesicht zur glänzenden Wand im Fahrstuhl wiederfand.

Der Konvoi der DEA hatte nicht nur neugierige Passanten, sondern auch sensationsgeile Reporter und Journalisten angelockt. Erhobenen Hauptes ließ er sich zu einem der Wagen abführen. Verstecken hätte keinen Sinn ergeben. Es wusste eh schon jeder, was passiert war. Wenn nicht, dann spätestens in zehn Minuten durch die TV-Nachrichten. Ein neuer Skandal, das hatte ihm gerade noch gefehlt. Die Fahrt verlief ruhig. Er war in eine Art Passivmodus verfallen, die Bilder und Stimmen zogen an ihm vorbei.

Seine neue Anwältin war bereits von Nolan informiert worden. Sie verzog das Gesicht, als er ermüdet und verschwitzt durch das heiße Wetter in den Verhörraum verfrachtet wurde. „Du siehst aus, als wärst du im Arsch", stellte sie fest. Er funkelte sie eisig an. „Wenn du mir nur irgendwelche dummen Sprüche an den Kopf knallen willst, dann kannst du gleich wieder gehen. Heute ist schon beschissen genug."

„Uh, da hat wohl jemand seine Tage."

„Carly, bitte! Ich möchte das geklärt haben. In den nächsten Stunden noch, wenn möglich."

„Du weißt, ich geb' mein Bestes, aber ich kann für nichts versprechen." Sie musterte ihn. Die Rädchen in ihrem Hirn ratterten, eine Idee entwickelte sich. „Wir könnten das 17te anrufen. Die boxen dich in Nullkommanichts raus - zumindest aus diesem Verhörraum."

Er schnarrte verächtlich auf. „Wenn ich kastriert werden möchte, gehe ich vorzugsweise zum Arzt."

„Gut, dann gibt es immer noch Plan B." Skepsis machte sich in ihm breit, er hob eine Augenbraue. „Wir können dich als psychisch krank abstempeln."

Er grunzte und klatschte Beifall, soweit die Fesseln es ermöglichten. „Brillant. Wirklich, brillant. Unzurechnungsfähigkeit, genau das braucht mein Image jetzt. Falls du es noch nicht bemerkt hast oder falls ich nicht den Anschein mache … Ich habe mich verspekuliert sowohl in der einen als auch in der anderen Sache. War zu spendabel. Zwar läuft es *noch* gut für mich, aber ich muss Abstriche machen. Ich hoffe ja, dass die Umsätze nach der Hochzeit wieder ansteigen, aber das wird kaum möglich sein, wenn du jetzt so etwas deklarierst – am besten noch vor der Presse." Die Anwältin nahm seine Hände und malte mit ihren Daumen kleine Kreise auf die Handrücken. Seine Schultern senkten sich, die Anspannung schwand. Sie wusste, was er meinte, wovon er sprach. Sie wusste, warum seine Launen in den letzten Wochen und Monaten schwankten. Sie suchte seinen Blick. Nur widerwillig schaute er ihr in die Augen. Er verstand, was sie wollte. Merkte, wie seine Hände wieder kaltschweißig wurden. Wollte er Plan A? Nein. Hatte es eine andere Option gegeben? Unwahrscheinlich. Nicht bei dem geringen Zeitpensum. Er nickte ihr zu und legte seinen Kopf auf den Tisch. Migräne. Das vierte Mal innerhalb der letzten paar Tage. Mitte vierzig und er fühlte sich wie achtzig. Sein Haar verlor auch immer mehr Farbe. Die Ansätze sahen deutlich grauer aus. Gleiches galt für seinen Bart. Und das Funkeln in seinen Augen verringerte sich ebenfalls von Tag zu Tag.

„Zehn Minuten", sagte die Anwältin leise. „Dann wirst du vorläufig in eine Zelle aufm 17ten verlegt. In der Zwischenzeit klären sie hoffentlich die Tatvorwürfe."

„Großartig", brummte er gegen die Tischplatte. Er verspürte keinen Drang, den Sarkasmus in seinem Ton zu verstecken. Das konnte ein Spaß werden.

KAPITEL EINS

Er wusste nicht, was angenehmer war. Mit Handschellen in einem Verhörraum zu sitzen oder nun in einer Zelle zu vergammeln? Wenigstens ist es hier kühl, dachte er und bequemte sich auf die Zellenbank. Seine Augen fixierten willkürlich einen Punkt an der Decke. Welcher Idiot hatte die hirnrissige Idee, Drogen in seiner Firma zu deponieren? Er atmete geräuschvoll aus und überlegte. „Wow, ich dachte wirklich, Max verarscht mich." Er erkannte die Stimme. Keinen Zentimeter bewegte er sich. Nur sein Adamsapfel ging rauf und runter, als er schluckte. „Unsere erste Begegnung nach anderthalb Jahren und du hockst in einer Zelle. Also, ich find's äußerst interessant. Du nicht?" Er schloss die Augen und versuchte, seine Nerven beisammenzuhalten. Ganz freiwillig war er nicht hier. „Du kannst dich glücklich schätzen, dass Max das Telefonat angenommen und sich die Umstände bereitet hat, dich hierherzubringen. Ich hätte dich der DEA überlassen. Was soll der Bullshit eigentlich? Drogenhandel, ist das dein Ernst? Machst du mit FINK Geschäfte oder wie darf ich die Aktion verstehen?"

Ruhig atmen. Fassung bewahren. Stark bleiben. Ruhig atmen. Fassung bewahren. Stark bleiben. Mantraartig wiederholte er es in seinem Kopf. „Ach nein, warte. Ich versteh'. Das ist das neue Verkaufsmodell deiner Verlobten." Er schnellte nach oben, stöhnte auf und hielt sich den Kopf. Verdammte Migräne. „Sie hat damit rein gar nichts am Hut, Melinda. Genauso wenig wie ich."

„Wie war ihr Name noch gleich … Vicky?" Er hielt die Luft an, wissend, was als Nächstes kommen würde. Er schaute einfach auf seine Schuhe, Augenkontakt wäre sein Todesurteil gewesen. Grant gab ein komisches Geräusch von sich fast wie ein verbittertes Lachen. „Tut mir leid. Nicht Vicky. Vicky war ja nur die Hure."

Freundlich lächeln, sagte sie sich, als sie Coons Dienstboten begegnete. Keiner von denen musste sehen, wie es ihr in Wirklichkeit ging. Das Training zum Captain raubte ihr die letzten Nerven. Dann kam noch das ganze Tam-tam um Coon hinzu. Ja, er hatte sein Gedächtnis zurück. Ja, es war anfangs etwas merkwürdig zwischen den beiden. Und ja, er war des Öfteren griesgrämig dank der ständigen Migräne. Aber seien wir mal ehrlich, warum musste die Presse davon wissen? Sie konnte nicht einmal mehr in Ruhe Tampons einkaufen, ohne dass sie über ihn ausgefragt wurde. Zumal sie sagen konnte, was sie wollte, die Presse drehte sich eh immer alles zurecht. So hieß es seit Wochen, Coon würde sie betrügen. Fortwährend mit anderen Frauen anbändeln. Nichts als Gerüchte. Sie betrat ihr Ankleidezimmer, warf Jacke und Tasche achtlos auf den Boden. Raus aus der Arbeitskleidung und rein in etwas Bequemes und Legeres. Einen Tee würde sie sich später machen. Erst einmal im Badezimmer frisch machen und dann Coon suchen. Vermutlich war er in seinem Arbeitszimmer und bereitete sich auf Konferenzen am nächsten Tag vor. Sie flocht ihr Haar zu einem einfachen Zopf und wusch ihr Gesicht. Der Stress spiegelte sich in ihm wider. Tiefe, dunkle Augenringe, unschöne Falten. Grant hielt sich nicht länger an ihrem Spiegelbild auf und machte sich auf den Weg zum Arbeitszimmer. Sie liebte das Anwesen, auch wenn es manchmal unnötig groß schien und der Weg zum Revier mindestens dreimal so lang war als sonst. Sie war es einfach nicht gewohnt gewesen, so großzügig zu leben und wahrscheinlich war das der Reiz, warum sie es liebte. Nichtsdestotrotz war es zu ihrem neuen Zuhause geworden. Wie Coon. Bei ihm fühlte sie sich geborgen, egal, wie schlecht gelaunt er war. Wenn sie an ihn dachte, breiteten sich warme Gefühle in ihr aus. Und das ist auch richtig so, dachte sie.

Die kurze Liaison mit Austin Karéy hatte sie Coon gegenüber nie erwähnt – niemand hatte davon gewusst, außer natürlich sie und Karéy selbst.

„Miss Grant", rief ein Dienstbote. „Miss Grant, einen Moment bitte." Grant schaute hinter sich und sah, wie er den Gang entlang joggte.

„Was gibt's?", fragte sie.

„Euh. Ich-ich wollte nur in Erfahrung bringen ... was, euh ..." Der Dienstbote rieb sich verlegen den Hals und lief rot an. Grant runzelte die Stirn, guckte ihn fragend an. Was war mit dem Kerl los, er stotterte doch sonst nie. Irgendetwas stimmte nicht, sie konnte nur noch nicht sagen, was. Hinter ihnen ging eine Tür auf. Coon trat aus dem Zimmer heraus. Er sah ziemlich überrascht aus und ausgepowert noch dazu.

„Was ist denn mit dir los?", wollte sie wissen. „Und warum schwitzt du so?" Coon schaute zwischen ihr und dem Dienstboten hin und her. Wie ein Fisch öffnete und schloss er seinen Mund. Grant musterte ihn eindringlich. „Puh, euh", er grinste sie an, „Pila-tes." Der Dienstbote schluckte und ergriff die Flucht, er wollte nicht als Puffer in dem Ganzen enden.

„Pilates in Jeans? Der Fitnessraum ist doch auch ... hier ist doch unser Schlaf-" Sie schubste ihn zur Seite und rannte in ihr gemeinsames Schlafzimmer. Ihr stockte der Atem. Doch nicht bloß Gerüchte.

„Melinda, bitte." Halb nackt flüchtete die Frau aus dem Raum. Wieder waren es nur die zwei. Grant kannte die Frau, hatte sie eigentlich gemocht. Sie kehrte ihm den Rücken zu. Auf keinen Fall sollte er sie weinen sehen. Er hatte ihre Tränen nicht verdient. Nicht dieser Abschaum. „Wie lange?" Mehr brachte sie nicht über die Lippen. Ihre Stimme klang zittrig, traurig, aber vor allem enttäuscht.

„Mel" - „Wie lang treibst du's schon mit deiner „Pilatestrainerin"?"

„Es begann bereits während meiner Amnesie. März, April."

„Willst du nicht noch was sagen? Tut mir leid oder so?"

„Wohl kaum", sagte er und kam ihr näher. „Würde es mir ehrlich leidtun, hätte ich es erst gar nicht getan." Grant presste die Lippen zusammen und stieß Luft durch ihre Nase aus. Mit den Handballen wischte sie sich die Tränen aus ihrem Gesicht. Sie drehte sich um und wollte, musste hier weg. Im Vorbeigehen murmelte sie: „Na wenigstens bist du in dem Punkt ehrlich" und schlug die Tür hinter sich zu.

Wie paralysiert stand Coon da. Das ging ihm alles zu schnell. Ihm war klar gewesen, irgendwann wäre die Affäre aufgeflogen. Nur

hatte er nicht damit gerechnet, dass irgendwann heute wäre. Und
dann auch noch in flagranti.

„Fuck!", brüllte er und schlug mit geballten Fäusten gegen die Tür.
Warum hatte er mit Vicky geschlafen? Er war sich nicht sicher. Es
hatte Spaß gemacht – sehr viel Spaß. Aber wenn er es sich recht
überlegte, hatten die kleinen Abenteuer und Eskapaden mit Grant
ebenso viel Spaß gemacht. Er war ein Arsch. Ein elender Wichser,
der etwas wie Monogamie anscheinend nicht kannte.

„Ihr Name lautet Juliette", korrigierte er und lief auf sie
zu. Seine Hände klammerten an den Gitterstäben der Zelle.
Er hatte Mut gefasst, traute sich endlich, ihr in die Augen zu
schauen. „Und von allen Menschen solltest du doch am besten wissen, dass dieses ganze Hochzeitstheater eine reine PR-
Aktion ist. Publicity. Die neue Partnerschaft mit Wade wird
nicht allzu offenherzig angenommen, wie gedacht. Juliette ist
seine Schwester. Heiraten wir, wird es hoffentlich glaubwür-
diger und die Partnerschaft ernster genommen. Mit Glück
laufen dann auch die Geschäfte besser."

„Adam, es ist mir so dermaßen egal. Verlobt ist verlobt.
Basta." Er deutete ihren Blick, ihren Ton. Sie war eifersüchtig,
bestürzt? Er setzte an, um etwas zu erwidern, doch kam nicht
dazu. Ein anderes bekanntes Gesicht tauchte neben Grant auf.

Maxwell O'Connor warf ihm einen kurzen Blick zu, bevor er Grant ins Ohr flüsterte: „Die DEA lässt ihn vorerst frei, meint aber, wir dürfen ihn auch noch in Gewahrsam behalten. Gründe wären gegeben."

„Du hast ihn hierhergeholt, die Verantwortung liegt bei dir."

„Du hast das Befehlskommando, wie du es immer ausdrückst."

„Du bist der Deputy. Du hast dieselben Rechte und Pflichten wie ich." Ohne ein weiteres Wort und ohne nochmal zu Coon zu schauen, ging sie. Einfach so. O'Connor schaute ihr verdutzt nach. Damit hatte er bestimmt nicht gerechnet. Er wandte sich langsam zu Coon und fischte die Zellenschlüssel aus seiner Hosentasche. Er schloss die Zelle auf, wartete, bis Coon draußen war und lief los – Coon würde ihm folgen. Fast schon selbstverständlich nahm er sich einen Stuhl und setzte sich an O'Connors Schreibtisch. Er verfolgte jede seiner Bewegungen und dachte nach. Der Ire hatte sich kaum verändert, handelte in gewissen Momenten vielleicht bewusster. Er nahm sich einen Augenblick und beobachtete das restliche PD. Alte Gesichter. Neue Gesichter. Das übliche Gewusel.

„Sie ist nicht immer so bissig, glaub mir. Selbst wenn, ist sie noch immer besser als Captain Black." Er war also tatsächlich weg, und Grant der neue Captain des 17ten Reviers. „Es sind einige im letzten Jahr gegangen. Zum Beispiel Slown und Smith und -"

„Tico!" O'Connor nickte. „Wo ist er?"

„Er ist mit Alexa und dem Kleinen nach Virginia gezogen."

„Kann ich noch annehmen, dass ich Curtis' Pate bin?" Coon kannte die Antwort, schon bevor „Eher nicht" seine Ohren erreichte.

„Bist du jetzt ein Ein-Mann-Squad oder gibt es Mitstreiter, die in deiner Präsenz leben?"

„Da gibt es in der Tat einen Mitstreiter."

„Mister Monday. Nicholas. In Ihrer Bewerbung gaben Sie besondere Fähigkeiten an. Wir suchen momentan unter anderem einen Phantombildzeichner. Können Sie zeichnen?"

„Ich kann nicht zeichnen, nein."

„Sicher? Kein unentdecktes Talent?"

„Sehen Sie das S da unten in meiner Unterschrift, sieht aus wie 'ne Fünf, nicht wahr?"

„Ja? Irgendwie ja … Wie dem auch sei, was-was stellen Sie sich denn unter Ihren besonderen Fähigkeiten vor?"

„Ich erziele immer Bestleistungen bei sportlichen Aktivitäten. Und ich kann auch sehr gut Sprüche klopfen." O'Connor schaute perplex drein, ganz langsam nickte er. Der Kerl war schon eine

Nummer für sich. Schien gleichzeitig jedoch nicht sehr redselig, brachte seine Argumente nicht in großer Ausführung. War kein aufgeblasener Schönling wie aus den Modemagazinen. Er trug einen gepflegten Drei-Tage-Bart, hatte dunkle kurze Haare, die trotzdem lang genug waren, um dass sie ihm ins Gesicht fielen. Er hatte etwas an sich – eine doch charismatische Aura. Bewerbung und Lebenslauf waren, abgesehen von den besonderen Fähigkeiten, ebenfalls tadellos. Was konnte man heutzutage mehr verlangen? O'Connor lachte auf. „Ich glaube, ich hab' da 'nen guten Partner für Sie, Nicholas." Monday blinzelte ihn neugierig, aber auch erwartungsvoll an. „Mich, um es kurz zu machen. Wohl oder übel bin ich kein Vollzeit-Deputy. Wohl oder übel fehlt mir selbst ein Partner. Und schenken Sie mir Glauben oder nicht, ich denke einfach, wir werden uns verdammt gut verstehen."

Coon nickte zufrieden gestimmt. Was blieb ihm auch übrig? Er konnte nicht auf die Barrikaden gehen und protestieren, Tico solle zurückkehren und O'Connors Partner bleiben. Er kannte den Neuen nicht. Noch nicht.

„Jackson, in mein Büro sofort!"

„Nicht immer so bissig, sagtest du?", scherzte Coon, nachdem Grants boshafte Stimme durch das PD hallte.

„Halt die Klappe. Sie ist nur angespannt oder so. Karéy ist die Woche nicht da, das kam ziemlich kurzfristig." Coon wurde hellhörig. Er setzte sich aufrecht in seinen Stuhl und schaute seinen Gegenüber interessiert an. Wer, um Himmels willen, war Karéy? Der Name klang nicht gänzlich unbekannt, er sagte ihm etwas. Nur was? Es fiel ihm nicht ein und O'Connor redete schon weiter. „Eigentlich ist es mir ja egal. Ich will mir das Theater nicht antun. Mal Karéy. Mal Monday. Jetzt kommst du noch ins Spiel … Verstehst du, was ich meine?" Coon starrte ihn ausdruckslos an. Natürlich verstand er nicht, was er meinte. Wie auch? Anderthalb Jahre Funkstille und er sollte binnen Minuten die Welten seiner ehemaligen Kollegen, Freunde nachvollziehen können. Ganz sicher nicht, dachte er und räusperte sich. „Ich komme in niemandes Spiel. Sobald alles geklärt ist, meine Weste wieder etwas weißer, setze ich mich mit Wade zusammen. Spätestens zum Ende der Woche bin ich dann weg. Soll Juliette hinterherkommen." Der Plan bestand bereits seit längerem. Der Konzern COON sollten nach Europa expandieren. Dabei hatten sie sich explizit für Luxemburg als Hauptsitz entschieden. Coon würde dort hinziehen, alles fertig einrichten und sich letzten Endes lokal um die europäischen Aktien-Geier kümmern, während Wade in den Staaten verbleiben würde.

O'Connor zuckte nichtsahnend mit den Schultern und fragte nicht weiter. Coon erhob sich und strich seine Weste glatt. Er schmunzelte und klopfte O'Connor auf die Schulter. Der Ire stand mit ihm auf und umarmte ihn plötzlich.

„Nicholas hin oder her. Dein „Charm" fehlt echt, Mann."

„Tja", murmelte Coon und warf einen Blick in Grants Richtung.

„Wir bleiben in Kontakt, oder? Diesmal wirklich." Ein Griff in seine Hosentasche und eine kleine, elegante, schwarze Visitenkarte klemmte zwischen Coons Fingern. Ein nötiges Übel, wenn tausend andere Zahlen im Kopf herumschwirrten.

„Das hier ist kein Abschied, huh?" Coon schüttelte den Kopf.

„Abschiede sind für den Arsch. Du kannst dich bei mir verabschieden, wenn ich tot bin", lachte er beherzt, O'Connor stieg mit ein.

„Genau das meine ich, Mann!" Es freute Coon, dass der Ire nach wie vor der Alte war, trotz Veränderungen, die das Leben nun mal mit sich brachte. In seinem Augenwinkel vernahm er eine Bewegung in Grants Büro. Vorsichtig stierte er über seine Schulter in die besagte Richtung. Sie stand in der Tür, beobachtete ihn und ihren Deputy. Grau traf Braun. Ihr Blick war alles andere als herzerwärmend. Er war eisig, voller Zorn. Coons Miene verhärtete sich selbst. Er hatte einen

Fehler gemacht, aber gerade reichte es ihm. „Angenehmen Tag noch", verabschiedete er sich abrupt und war weg. Wenn sie die Zicke vom Dienst sein wollte, bitte. Aber nicht jedes Mal wollte er sich als den Bastard hinstellen lassen, wie er oft plakatiert wurde.

Am Abend saß er in seinem Arbeitszimmer. Seit Stunden hatte er sich dort verbarrikadiert. Er brauchte Zeit zum Nachdenken, zum Abwägen und zum Ausschließen. Da wurde man einmal verhaftet und schon brach ein Armageddon in den Firmen aus. Obwohl er zugeben musste, einen netten Eindruck hatte er während der Verhaftung nicht hinterlassen. Ja, manchmal taten ihm seine Angestellten leid, wenn er sich mal wieder sein arschiges Verhalten eingestand. Was so gut wie jede Woche der Fall war. Der Titel Bastard war echt nicht weithergeholt.

Genervt stöhnte er auf. Er konnte sich glücklich schätzen, dass diese „Lappalie" keinen größeren Einfluss auf die Geschäfte genommen hatte. Er schwenkte das Glas in seiner Hand. Die Farbe des Bourbons erinnerte an Honig. Flüssiges Gold. Bourbon war in den letzten Jahren zu seinem Hauptnahrungsmittel mutiert. Aber keineswegs war er Alkoholiker. Er verglich die Beziehung zu dem Zeug eher mit einer tiefgründigen Freundschaft. Freundschaft. Seine Finger krallten förmlich in das Glas, die Knöchel weißer als die Wolken, die heut am Himmel schwebten. Womit hatte er das verdient? Warum tat er sich so etwas immer an? Ständig irgendwelche belanglosen Gefühlsdilemma. Er nahm einen letzten Schluck, bevor er das Glas mit aller Kraft schmiss. Es zerbärste an der Wand, die Scherben flogen in alle Richtungen. Ein gequälter Schrei erfüllte den Raum. Er senkte seinen Kopf und verschränkte die Arme über ihm. Seit Jahren war er mit seinem Latein am Ende, doch noch nie war er so durcheinander gewesen. Nicht einmal als Kate und Grace gestorben waren. Er nahm sein Telefon und öffnete den Chat mit seiner „Verlobten". Er begann zu tippen: *,Juliette, sag deinem Trottel von Bruder, er soll seinen Arsch zum Anwesen bewegen. Er soll gleich die Papiere mitbringen und den guten Stift zum Unterschreiben.'* Er drückte auf Senden. Keine Minute später hatte sie ihm geantwortet. *,Also doch Luxemburg. Ich sag es ihm. Er wird sich freuen. Hast du morgen Abend schon was vor? Wenn nicht, hätte ich da eine Idee ;)'*

,Kann ich mir vorstellen, ich habe ihn lang genug zappeln lassen. Nein, ich habe noch nichts vor. Und bitte hör mit diesen Smileys auf, ich weiß auch ohne sie, was du meinst.' Er legte das Telefon beiseite und streckte sich. Er würde sich zeitig schlafen legen,

immerhin brauchte er morgen einen klaren Kopf. Eine ordentliche Mütze Schlaf würde Stimmungsschwankungen und Unausgeglichenheit prävenieren.

26. Juni, 2018.

Er nahm die Brille von der Nase und rieb sich die Augen. Er hatte gewusst, der Vertrag wäre umfangreich, aber das, was vor ihm lag, nahm ganz neue Dimensionen an. Zweihundert Seiten beidseitig bedruckt. Tausende schwarze, millimetergroße Buchstaben. Frustriert strich er eine weitere Nebenklausel. Ganz bestimmt nicht, würde er sich dazu verpflichten, alle firmeninternen Ausgaben offen darzulegen. Nicht, wenn Wade sich ebenfalls weigerte. So viel zum gegenseitigen Vertrauen. Er erinnerte sich an den Tag, als Wade bettelnd zu ihm gekrochen kam, als wäre es gestern gewesen.

Gelangweilt saß er in seinem Wohnzimmer, draußen schüttete es. Im Fernseher lief nichts. Die Frauen wollten bei dem Wetter nicht zu ihm. Nutten waren nicht sein Milieu, und der Bourbon war beinahe leer. Alles in einem war es ein beschissener Tag. Er rappelte sich auf und schaute sich um. Sein Blick blieb an dem Flügel hängen. Elegant, auf Hochglanz poliert, so gut wie unbenutzt.

Warum hatte er sich das Teil gekauft? Er erklärte es sich jedes Mal anders. Vielleicht würde er einfach mal durchs Haus spazieren. Das hatte er lang nicht mehr getan. Zeit hatte er. Seine Beine trugen ihn von Raum zu Raum ohne Pause. Er war auf dem Weg zur Garage, als er durch die Eingangshalle lief und im Milchglas der Haustür eine dunkle Silhouette wahrnahm. Er stoppte. Hatte sich Vanessa doch dazu entschlossen zu kommen? Er fuhr sich durch die Haare und löste die obersten Knöpfe seines Hemdes. Subtil war nun mal nicht sein Ding. Er drückte die Klinke herunter und machte die Tür auf. Toll, keine Vanessa, dafür ein pitschnasser Wade.

„Was wollen Sie hier?", fragte er.

„Wie wär's, wenn Sie mich höflicherweise 'reinbitten würden, Coon." Er trat zur Seite und ließ den Mann passieren. Wade zog seine Jacke aus und hielt sie fordernd Coon entgegen. Der Kanadier lachte innerlich. Der Kerl war schon immer arrogant zu Leuten gewesen, sogar wenn er eigene Vorteile daraus ziehen konnte. Äußerlich verzog Coon keine Miene. Er verschränkte die Arme und ging voran. Wade war nicht grundlos aufgetaucht, aber das wollte er in seinem Arbeitszimmer klären.

„Meine Frage bleibt die gleiche", sagte er und setzte sich. „Was wollen Sie hier?"

„Ich möchte mit Ihnen reden."

„Reden? Sie wollen mit mir – wir wollen reden? Wo ist der Hass auf einmal? Die Konkurrenz? Der Neid? Wade, wenn ich es nicht besser wüsste, würde ich meinen, Sie drehen komplett durch."

„Ich versteh', was Sie meinen. Vor 'ner Minute stand ich vor Ihrer Tür und hab' mich dasselbe gefragt." Coon nickte und deutete ihm Platz zu nehmen. Skepsis war wohl angebracht. Er beugte sich nach vorn und stützte seine Ellenbogen auf dem Tisch, abwartend, dass Wade fortfuhr. „Ich will nicht um den heißen Brei reden, Coon. Ich brauch' Ihre Unterstützung. Die Geschäfte laufen miserabel. Meine Frau betrügt mich. Und meine Tochter hält mich für 'nen Wichser. Sie meint, ich hätte mir mehr Mühe geben sollen. Ihrer Mutter mehr zeigen sollen, dass ich sie liebe."

„Warten Sie. Lynn hat eine Affäre?"

„Ja, aber deshalb bin ich nicht -"

„Wer? Rücken Sie mit der Sprache heraus", grinste Coon. Doch kein allzu beschissener Tag. Ein wenig Gossip und es lebte sich leichter.

Wade seufzte. „Sie kennen Steven Wilkens?" Natürlich kannte er Steven fucking Wilkens. Jeder kannte ihn. „Wenn ja, dann dürften Sie verstehen, warum ich nichts dagegen machen kann. Aber kommen wir zum eigentlichen Thema ..." Coon verstand es tatsächlich. Wilkens allein war nicht die große Gefahr. Er hatte nicht genug Einfluss, um Wades Geschäfte manipulieren zu können. Aber ein

Blick in seinen Freundeskreis, und das Puzzle fügte sich zusam-

men. Ausnahmsweise ergab Wades Gelaber Sinn. Maximilian

Richard. Er war die Schlüsselfigur. Richard war ein milliarden-

schwerer Technik-Mogul aus Deutschland. Ein Fingerschnippen

genügte und für die Betroffenen hieß es „Ciao. Ciao." In dieser Sa-

che waren Richard und Wilkens zu Busenfreunden geworden. Wil-

kens brauchte nur etwas sagen, und Richard würde sofort handeln.

Es war wie ein geteiltes Wochenendhobby. Wade wäre nicht das

erste Opfer. Und wenn es um seine Firma eh schon schlecht stand,

dann wäre ein Aufstand das endgültige Todesurteil. „Ich brauche

dringend Geld. Aber die Presse kann nichts mitbekommen. Wenn

Sie mir also ein Darlehen gewähren würden – von Geschäftsmann

zu Geschäftsmann. Ich weiß nicht, an wen ich mich sonst wenden

soll. Alle anderen würden gleich zur Presse rennen."

„Sie vertrauen mir?" Wade nickte hastig wie ein kleiner Junge.

„Ich werde Ihnen dennoch nicht einfach mein Geld in den Arsch

schieben."

„Okay, und wie wär's mit einer Partnerschaft?"

Coon grunzte. „Eine Partnerschaft mit Ihnen? Junge, Wade, Sie

sind bankrott!"

„Ich hab' gerade einfach keinen Kopf dafür. Tag für Tag kämpfe ich,

Lynn und meine Tochter zufrieden zu stellen, damit Wilkens die

Füße stillhält. Kaufen Sie mir meine Firma ab. Stellen Sie mich als gleichwertiges Vorstandsmitglied ein. Es wird sich lohnen, ich ver-

spreche es. Ich hab' zum Teil noch meine Firma, und Sie werden

mit Sicherheit noch zusätzlich etwas Geld verdienen, ohne sich

großartig darum kümmern zu müssen." Coon zögerte. Normaler-

weise war es zu risikoreich. Allein die Verbindung zu Wilkens und

Richard. Er könnte selbst zum Ziel der beiden werden, wenn auf

einmal sein Name Wades ersetzen würde. Obwohl das Angebot

auch verlockend war. Sein Imperium würde sich ungemein vergrö-

ßern. Mehr Umsatz. Wenn er es schaffte, die Größe mit Kunden zu

kompensieren.

Dieses Gespräch war nun über ein Jahr her. Und siehe da, Coon hatte WADE aufgekauft, Richard hatte nichts unternommen. Wilkens hatte anfangs getobt, wurde aber recht schnell von Lynn beschwichtig – auf besondere Art und Weise. „Wade, geben Sie mir den Stift."

„Sind Sie endlich fertig?"

Coon lachte. „Nein, aber ich gebe auf. Ich habe in einer Stunde eine Verabredung mit Ihrer Schwester, bis dahin habe ich noch anderes zu erledigen. Außerdem sitzen wir hier schon seit acht Uhr morgens und diskutieren. Genug ist genug, Wade." Er nahm den Stift entgegen und ließ ihn klicken, sodass die Miene herauskam. Tschüss Amerika und Hallo

Europa, dachte er. Er setzte die Miene auf das Blatt, oberhalb der vorgesehenen Linie. Mit einer schnellen Handbewegung war es dann auch schon getan. Die Unterschrift war gesetzt, sein Abschied besiegelt.

„Sehr schön", sagte Wade und schob den Vertrag in ein Kuvert. „Wenn alles glatt läuft, bin ich Sie am Ende der Woche los." Die beiden Männer brachen in Gelächter aus.

„Gleiches möchte ich behaupten, Wade", lachte Coon. Zum Abschied gaben sie sich die Hand. Coon lehnte sich in seinem Stuhl zurück. Er hatte noch einiges zu erledigen. Zum Beispiel ein Haus kaufen, was auf die Schnelle keine leichte Aufgabe werden würde.

Ein Klopfen riss ihn aus seinen Gedanken. Juliette. Auf die Minute genau. Lasziv schaute sie ihn von der Tür aus an. Der enge Rock und die weiße Bluse ließen seiner Fantasie nicht viel Raum. Langsam knöpfte sie das Oberteil auf.

„Hast du was vorbereitet oder wollen wir gleich zum Dessert übergehen?" Coon grinste und fuhr sich übers Gesicht. Die Verlobung und die anstehende Hochzeit waren zwar nur für die Geschäfte, für die Kompensation. Die Kunden vertrauten nun, dass Wade nichts Schlechtes bedeutete. Langsam. Aber warum sollte er nicht trotzdem seinen Spaß haben? Sie umrundete den Tisch, bevor sie sich daraufsetzte. Sie streifte die High Heels von ihren Füßen, mit einem Blopp landeten sie auf dem harten Boden. Sie streckte einen ihrer Füße aus und drückte ihn tief in seinen Schoß.

„Was wird das?"

„Ich dachte, du kennst mich. Wüsstest, was ich meine."

„Ich bezog die Nachricht eher darauf, dass ich weiß, wann von *Sex* die Rede ist. Außerdem intendierte ich mit meiner Frage, zu erfahren, ob das hier erst ein Vorspiel sei."

„Du bist ein Spinner. Und deine Aussage ist ganz schön anmaßend. Meine Idee hätte ebenso was anderes sein können. Vielleicht hab' ich in dem Moment an Yoga gedacht."

„Ist dem so?"

„Ich find's nur gemein, dass du bei mir nur an Sex denkst."

„Ich glaube, das beruht auf Gegenseitigkeit." Sie hüpfte vom Tisch und setzte sich auf Coon. In leichten, kreisenden Bewegungen begann sie, ihn mit ihrem Unterleib zu massieren. Er zog scharf Luft ein. Erregung. Ihre zierlichen Finger fanden ihren Weg in seine Haare. Lippen berührten sich. Erst zaghaft und zurückhaltend, dann heiß und wild. Es gefiel ihm, dennoch war er gedanklich nicht ganz dabei. Natürlich merkte das auch Juliette, sie wurde gieriger, seine Aufmerksamkeit sollte nur ihr gelten. Er gab sich Mühe, driftete aber immer wieder ab. Gestern war ihm zu viel gewesen, er hatte es anscheinend noch nicht ganz verarbeitet. Wie auch? Es war nach wie vor nicht geklärt, wer die Drogen im Tower deponiert hatte. Es sah auch nicht danach aus, als würde der Fall bald gelöst werden. Die Ressourcen der DEA waren in New York derzeit einfach zu träge, um großartig Untersuchungen anzustellen.

KAPITEL ZWEI

27. Juni, 2018.

„Nick", sagte Grant warnend. „Wir haben doch abgemacht, nicht auf der Arbeit." Detective Nicholas Monday legte seine Hand aufs Herz und sah sie erschüttert an.

„Oh, Captain. Mein Captain. Wie kannst du mich nur so zurückweisen? Ich bin zutiefst verletzt." Krampfhaft versuchte Grant, sich das Lachen zu verkneifen. Sie trat einen Schritt auf ihn zu und schlang ihre Arme um seinen Nacken, drückte sich an ihn. Fieberhaft hing sie an seinen Lippen. Die Bartstoppeln kitzelten ihr Kinn. Coon stand unbemerkt in der Tür und wartete. Sollte er sich bemerkbar machen? Er war sich nicht sicher. Immerhin wäre es seiner Meinung nach unhöflich und taktvoll zugleich gewesen. Einmal kräftig Luft geholt, da hatte er auch schon verlegen gehüstelt. Die zwei Turteltäubchen vor ihm schreckten auseinander. „Adam", keuchte Grant, ihr Lippenstift leicht verschmiert.

Der Kanadier beäugte die zwei weiterhin unbeholfen.

„Hallo", sagte er schließlich. „Verzeihung, wenn es unpassend ist, ich kann auch später wiederkommen. Ich wollte bloß mit dir reden – ganz kurz." Grant nickte und wandte sich zu Monday. Flüchtig drückte sie seine Hand und schmunzelte: „Bis später."

Er verbeugte sich ganz leicht. „Viel Spaß", zwinkerte er und zog ab.

„*Ihnen* dann auch viel Spaß." Hörte er von Coon im Vorbeigehen. Er verließ das Captain-Büro und schloss die Tür hinter sich. Coon schaute sich für einen kurzen Moment um. Er musste zugeben, er fühlte sich wie in einem Déjà-vu. Nur mit neuer Rollenverteilung und etwas anderen Umständen.

Grant plumpste in ihren Stuhl. Mit aufforderndem Blick und ausgestreckter Hand deutete sie auf die freien Plätze vor ihrem Schreibtisch. „Bitte", sagte sie, „setz dich doch."

Coon seufzte und rückte unbequem hin und her. Er würde das hier nicht unnötig in die Länge ziehen. Unsicher, wie schnell er sie reizen konnte. Seine Hände waren schwitzig, daran hatte nicht die Hitze Schuld. Nervös fuhr er sich durchs Haar. Wieso, um Gottes willen, war er nervös? Hatte er etwa Angst vor ihrer Reaktion? Er wusste doch, es wäre egal. Wahrscheinlich würde sie sich freuen, dass er endlich weg wäre. Er guckte sie nicht direkt an, konzentrierte sich auf einen Punkt hinter ihr. „Weshalb ich hier bin und das Gespräch suche … Ich wollte, dass du es mit als Erste erfährst. Ich werde noch diese Woche wegziehen." Jetzt ist es raus, und meine Hose voll. Gott, Coon! Reiß dich am Riemen. Gedanklich ohrfeigte er sich gerade. Lappen. Emotionales Wrack. Dummkopf.

Überrascht fragte Grant: „Und inwiefern betrifft *mich* das?"

„Na ja", er suchte bedacht nach den richtigen Worten. „Ich glaube, dass uns trotz allem irgendetwas verband. Ich vertraue dir schlichtweg und wollte nicht noch einmal etwas hinter deinem Rücken geschehen lassen. Du solltest nicht wieder die Letzte sein, die auf „Umwegen" davon erfährt. Zumal immer noch der Zwischenfall mit der DEA im Raum steht. Ohne das geklärt zu haben, werde ich bestimmt nicht gehen dürfen. Aber das kannst du dir ja denken."

„Ja, ja. Natürlich. Aber damit wirst du dich an Max beziehungsweise an die DEA wenden müssen. Die bearbeiten den Zwischenfall, wie du es nennst." Sie machte eine Pause, ihr Blick bohrte sich förmlich in ihn hinein. „Wo-wohin ziehst du überhaupt? Zurück nach D.C. oder Los Angeles?"

Coon schüttelte den Kopf leicht. „Nein, nicht ganz. Eher nach Luxemburg."

Ihr Gesicht entgleiste, ihr restlicher Körper in einer Art Schockstarre. „Luxemburg!", flüsterte sie, nicht gewillt, es zu glauben.

„Korrekt", nickte er. Für einen Moment war es totenstill im Raum. Vorsichtig richtete er seinen Blick auf sie. Wenn er ihn deuten sollte, würde er meinen, dass sie doch nicht allzu erfreut oder gleichgültig gestimmt war.

„Warum?"

Coon zuckte die Schultern. „Aus wirtschaftlichen Aspekten, um es kurz zu fassen. Es ist eine lange und komplexe Geschichte. Ich möchte dich nicht weiter von deiner Arbeit fernhalten. Wie gesagt, du solltest es einfach wissen und es dabei von mir persönlich erfahren." Mit einem schwachen Lächeln stand er auf und verabschiedete sich. Erneut an diesem Tage stand er im Großraumbüro des 17ten. Er guckte sich um, beobachtete die Detectives bei ihrer Arbeit und wie von selbst trugen ihn seine Beine zu O'Connors Schreibtisch. Doch der Mann in Frage war gar nicht da. Schulterzuckend nahm er den ledernden Chefsessel des Iren in Besitz. Gemütlich. Sein Kopf fiel nach hinten, die Augen waren geschlossen. Er verzog das Gesicht, als ein Stechen seinen Kopf durchfuhr. Wie hatte die Ärztin damals gesagt? Das legt sich mit der Zeit.

Das legt sich am Arsch, dachte er, es wird vehement schlimmer. Er wischte sich mit dem Handrücken über die Stirn. Kleine Schweißperlen hatten sich auf ihr gebildet. Anscheinend hatte selbst das Lüftungssystem bei der Wärme zu kämpfen. Seine Augenlider flackerten. Entnervt öffnete er die Augen und starrte geradewegs an die Decke. Vielleicht sollte er vor seiner Abreise doch noch einmal mit der Ärztin reden. Er fasste sich an die Wange, die, wo ihn die Sonne am stärksten beschien. Vielleicht sollte er sich jetzt für den Moment auch erst einmal woanders hinsetzen. Plötzlich fiel ein Schatten auf ihn. Langsam drehte er seinen Kopf in die Richtung.

„Kann ich Ihnen helfen, De-tec-tive?"

Monday rümpfte die Nase. „Es ist wohl eher *mein* Platz, *Sie* das zu fragen." Coon grinste ihn nur an. „Also, was macht der berühmt-berüchtigte Mister Coon noch immer hier? Und dann auch noch in Detective O'Connors Stuhl."

„Berühmt-berüchtigt?", lachte Coon. „Wo kommt das denn auf einmal her?"

„Na ja, man redet viel über Sie, Mr. Coon."

„Adam genügt – in Anbetracht der Umstände."

„Welche Umstände?", hakte Monday nach. Entweder stellte der Kerl sich dumm oder er verstand es wirklich nicht.

„Die kleine Aktion in Melindas Büro", half er ihm auf die Sprünge. Der eisige Blick wich, und Schamesröte legte sich auf sein Gesicht. „Das muss Ihnen doch nicht peinlich sein, Detective. Durch das Gerede über mich, dürfte es Ihnen doch geläufig sein, dass Melinda und ich zusammen waren. Ich verstehe, wie groß die Versuchung sein kann." Wut flammte in Mondays Augen auf. Es war ihm sichtlich unangenehm, Coon so sprechen zu hören. Er straffte seine Schultern und baute sich vor ihm auf. Grant mochte den Kanadier nicht sonderlich und sein Partner O'Connor war nirgends in Sicht, Coon herauszuwerfen, wäre ein Leichtes.

„So schwer es fällt, Mister Coon, aber ich befürchte, ich muss Sie bitten, das Police Department zu verlassen. Weder haben Sie einen Termin noch das Recht, hier herumzulümmeln. Wenn Sie mir also folgen würden, ich werde Sie nach draußen eskortieren." Coons Grinsen verschwand schlagartig. Er mochte den Detective nicht. Sein Auftreten war ihm nicht ganz koscher. Das beruht sicherlich auf Gegenseitigkeit, sagte ihm eine kleine Stimme im Kopf. Er rappelte sich auf und schob den Stuhl zurück in Position. Die gesamte Zeit hielt er Augenkontakt mit Monday. Ein verschrobenes Blickduell entstand, wer würde am längsten standhalten. Schließlich war es der Detective, der verlor. Dieser drehte sich und lief los. Coon hielt Schritt neben ihm. Zusammen gingen sie in Richtung Treppenhaus. Verwundert blieb Coon stehen.

„Warum nehmen wir nicht einfach den Aufzug? Das ginge doch deutlich schneller", meinte er.

„Ich mag diese Metallsärge nicht. Punkt", keifte Monday.

„Der Grund dafür ist was?"

Der Detective seufzte. Wie hatte es Grant nur mit dieser Nervensäge aushalten können? Er hob seinen Zeigefinger und zeigte auf Coon. Ein verlogenes Lächeln zierte seine Lippen. „Gerade Sie! Als ehemaliger Attentäter müssten wissen, was für ein gefährlicher Ort so ein Aufzug sein kann." Coon stimmte innerlich zu. Keiner konnte sagen, wer bereits im Fahrstuhl stand beziehungsweise wer noch hinzusteigen würde. Man konnte nie ahnen, wenn man in diesen „Freitod" stieg, ob man lebend herauskommen würde. Dessen war sich ein Attentäter mit etwas Gehirn und Verstand bewusst. Doch wie hatte ein einfacher Detective solche Gedankengänge?

„Ein schmutziges Geheimnis?", fragte er deshalb.

„Nein, wie kommen Sie darauf?"

„Sie und Ihre Worte deuten darauf hin."

„Das mag eine Verleumdung sein", sagte Monday zum Schluss, bevor er Coon die Treppen nach unten schob. Das werden wir ja noch sehen, dachte Coon und warf einen letzten Blick auf den Detective, ehe dieser zurück ins Gebäude verschwand.

Grummelig stapfte er die Treppen wieder nach oben. Was fiel diesem Lackaffen ein? Wie konnte man nur so ein aufgeblasener Schwanzlutscher sein? Aber bei der Familien-geschichte sollte es ihn nicht wundern. Die Eltern hatten selbst einen Arsch voll Geld gehabt und hatten sich wahrscheinlich einen Dreck um den Typen gekümmert – nicht, dass er Coon verteidigen wollen würde.

Warum er in keinen Aufzug steigen wollte, war kein *schmutziges* Geheimnis, aber ein Geheimnis, welches nicht jeder X-beliebige kennen musste.

Es war ein besonderer Tag für Nicholas Monday gewesen. Es waren die vorletzten Ferien vor seinen Abschlussprüfungen. Danach würde es schnurstracks zum College gehen. Aber das sollte heute nicht das Thema sein. Nein, heute würde er mit seinen Eltern endlich in den langverdienten, langersehnten und vor allem langersparten Urlaub fliegen. Sie hatten sich Italien als Ziel gesucht, genauer gesagt Venedig. Er war in bescheidenen Verhältnissen aufgewachsen, weshalb der Urlaub etwas ganz Besonderes war.

Das Taxi hielt unmittelbar vor dem Eingang des JFK Flugha-
fens. Monday stürmte als Erster aus dem Wagen und hievte die
Koffer aus dem Kofferraum. Nacheinander lud er sie auf einen der
Gepäckwagen. Es sollte endlich losgehen und seine Eltern waren
ihm einfach zu langsam. Sein Fuß wippte ungeduldig auf und ab,
während das Taxi schon neue Fahrgäste verbuchen konnte. Seine
Eltern waren wirklich sehr langsam. Statt endlich das Terminal zu
betreten, standen sie davor und beobachteten das Treiben. So ge-
mütlich waren sie sonst nie unterwegs. Er konnte nicht anders als
zu grinsen. Beide Hände packten den Gepäckwagen und schoben
ihn ins Terminal. „Mom! Dad! Wir verpassen noch den Flug",
maulte er. Kopfschüttelnd, aber lachend folgten sie ihm. Monday
war überwältigt vom Anblick. So groß. So viele Menschen. Und
verdammt viele Gerüche – es waren nicht nur gute. Dennoch prägte
er sich jeden Einzelnen ein, memorierte jedes Werbeposter. Er
schaute auf die Uhr neben dem Check-in-Schalter. Sechs Uhr
abends. Die Schlange vor ihnen war nicht lang, es dauerte nur we-
nige Minuten, bis sie einchecken durften. Die Dame am Schalter
nahm mit einem warmen Lächeln die Pässe der Familie entgegen.
Nacheinander verglich sie die Lichtbilder mit den Gesichtern vor
ihr. Ihr Blick blieb für einen Moment am jüngsten Monday hängen.
Die pure Freude stand ihm ins Gesicht geschrieben.

„Erster Flug, huh?", schmunzelte sie. Ein eifriges Nicken folgte als Antwort. Jemanden wie ihn erlebte sie nicht alle Tage. Der Vater hatte in der Zwischenzeit die Gepäckstücke auf das Band gestellt, bereit zur Aufgabe. Mit geübten Griffen und einer Routine war auch das schnell erledigt. Die Dame gab ihnen ihre Pässe zurück und überreichte dem Jungen die Boardingcards und Baggagetags. „Gate 11", sagte sie noch.

Als Nächstes erwartete sie die Sicherheitskontrolle. Alles Mögliche aus ihren Taschen landete in den Plastikablagen, während das Handgepäck durchleuchtet wurde. Monday war sich sicher, er hatte nichts Metallisches mehr an sich, dennoch war ihm mulmig, als er durch den Metalldetektor trat. Wie Paranoia über einen Menschen Besitz ergreifen konnte, wenn er nur in die richtige Situation geriet. Er nahm seine Sachen wieder an sich und wartete auf seine Eltern.

„Zu welchem Gate müssen wir nochmal?", fragte sein Vater, als sie fertig waren.

„Gate 11", antwortete Monday prompt. „Wir haben noch ungefähr zwei Stunden Zeit."

„Das trifft sich ja gut. Ich seh' dort vorn nämlich ein herrlich kleines Café", sagte Mrs. Monday und zog ihren Mann mit sich. Ihr Sohn sah ihnen nach und begab sich selbst zum Upperdeck des Terminals. Die Panoramafenster boten ihm den perfekten Blick auf die Start- und Landebahn. Stichwort Entspannung. Er ließ sich in *einen Sessel fallen, lehnte sich zurück und genoss einfach die Aussicht. Wie viele Lichter wohl benutzt wurden, um das ganze Rollfeld auszuleuchten? War die Arbeit im Tower sehr anstrengend? Wie war es, Flugbegleiter zu sein? Fragen über Fragen, und er wollte sie alle beantwortet haben. Er atmete erleichtert auf. Wenigstens für die paar Tage sich nicht um die Schule sorgen, er liebte Ferien. Er kannte keinen, der es ihm nicht gleichtat. Nach den Ferien würde der Stress wiederkommen. Tests. Klausuren. Referate. Gespräche. Vor allem Gespräche mit dem Vertrauenslehrer seiner Schule. Der wollte immer wissen, wo er sich später sah. Aber seien wir ehrlich, er wusste es nicht. Er mochte den Sport- und Politikunterricht, jedoch wollte er weder als Sportler in irgendwelchen Ligen noch als Politiker vor der Öffentlichkeit enden. Oder noch viel schlimmer als Lehrer. Er mochte keine Kinder, erst recht nicht die, die besserwisserisch taten. Was nicht heißen sollte, dass er für immer kinderlos bleiben wollte. Eigene Kinder waren immer etwas anderes als fremde Kinder. Es war zum Kopfzerbrechen. Zukunft. Die Leute sollten sich mehr für ihre Gegenwart interessieren als für das, was irgendwann mal sein könnte. Futuristische Sachen sollten seiner Meinung nach ruhig den Dichtern und Denkern bleiben. Der Ansicht war nicht nur er gewesen, sondern auch seine langjährige Jugendliebe. Sie war, genau genommen, diejenige gewesen, die ihm überhaupt erst das ganze Antizukunftszeug eingetrichtert hatte.*

Leider hatte Jolanthe nie mehr als einen Bruder in ihm gesehen. Es war echt ein Trauerspiel mit ihm. Er konnte und wollte einfach keine andere lieben, und das tat ihm wirklich nicht gut. Er wies stets und ständig andere Frauen zurück, obwohl er wusste, er hatte keine Chance bei Jolanthe. Vielleicht sollte er sein Liebesdebakel in Venedig überdenken. Wer konnte sagen, ob er nicht eventuell jemanden Nettes kennenlernen würde. Er überschlug seine Beine und schloss die Augen. Eine Stunde trennte ihn vom Fliegen. Was für ein Gefühl es sein musste – hoch oben in den Wolken.

Erschrocken sprang er aus dem Sessel. Er war eingeschlafen. Ein Blick auf die Uhr machte es nicht besser. Fünfzehn Minuten bis zum Boarding. Er musste noch zum Geldwechselautomaten und seine Eltern finden! Hastig sprintete er dahin zurück, wo sie sich zuletzt gesehen hatten. Er fand sich in dem Café wieder, in welches sie gegangen waren. Tatsächlich saßen sie dort auch noch.

„Nick, du bist ja schon wieder zurück", *lächelte seine Mutter.*

Schon? Zehn Minuten bis zum Boarding und seine Mutter schien die Ruhe selbst zu sein.

„Wir müssen los! Es wird gleich aufgerufen und wir müssen noch Geld wechseln."

„Immer mit der Ruhe, Junge. Wir kommen ja schon. Wechseln können wir auch noch in Venedig", *besänftigte ihn sein Vater. Sie* standen auf und folgten ihrem Sohn, verfielen in einen Laufschritt, um mitzuhalten. Sie kamen gerade rechtzeitig zum Boarding und stapften nun über das Rollfeld zu ihrer Maschine. Sie hatten Plätze in der Economy-Class gebucht und ihm wurde klar, warum diese auch Holzklasse genannt wurde. Es war eng, sehr eng. Er saß nicht einmal neben seinen Eltern, sondern neben einem etwas … korpulenteren Herrn. Trostspendend war die Tatsache, dass sein Platz am Fenster war, so konnte er wenigstens hinausgucken. Die Stewardess gab letzte Sicherheitsinstruktionen, dann ging es auch schon los. Die Turbinen wurden lauter, und Mondays Magen zog sich zusammen. War es wirklich Übelkeit oder schlichtweg die Aufregung, die in ihm aufstieg? Im Endeffekt war es ihm Schnuppe gewesen, es lagen immerhin noch zwölf Stunden neben diesem schnarchenden Etwas vor ihm. Er rückte in seinem Sitz umher, versuchte es sich weitestgehend bequem zu machen. Mehrere Minuten vergingen, ehe er sich geschlagen gab und einfach in den klaren Nachthimmel schaute.

Er streckte sich und ließ seine noch jungen Knochen knacken. Sein Nacken schmerzte unglaublich, dennoch hatte ihn endlich wieder die Vorfreude gepackt. Er atmete tief ein, seine Lungen voller Sauerstoff. So roch und schmeckte also mediterrane Luft – salzig.

„Gott, tut das gut", murmelte er. In seinem Kopf ging er durch, was noch zu erledigen war. Gepäck holen. Geld wechseln. Im Hotel einchecken. Zur Lagune Lido di Venezia gehen. Und dann tiefenentspannen, im Nirwana versinken, genießen. Laut der Uhr im Terminal war es erst vierzehn Uhr, er hatte somit noch genügend Zeit. Mit dem Zug ging es vom VCE Flughafen gleich weiter nach Venedig. Die Aussicht war wundervoll, geschweige denn der Kaffee, der serviert wurde. Er nippte an ihm und beobachtete die vorbeiziehende Landschaft. Die Sonne glitzerte herrlich auf dem umliegenden Meer. Je weiter sie fuhren, desto türkisblauer wurde es. Möwen umkreisten Bojen.

Die Fahrt nahm schneller ein Ende, als er gedacht hatte und bevor er sich versah, stand er auch schon in der Hotellobby. Während seine Eltern mit dem Check-in beschäftigt waren, schaute er einem Mädchen aus der Entfernung zu. Sie war sicherlich in seinem Alter gewesen, blonde Haare, schöner Teint, lange Beine. Sie erinnerte ihn an Jolanthe – eine ebenso blonde Schönheit. Leise kicherte er vor sich hin. Unwillkürlich dachte er an den Tag zurück, als sie sich als Prinzessin der Tollpatschigkeit entpuppte. Genüsslich hatte sie in ihr Erdbeermarmeladenbrot mit Honig gebissen und fast zeitgleich geschah das Unglück. Die Marmelade hatte sich selbstständig gemacht und war mit einem Satz auf Jolanthes Hose geklatscht. Ein großer roter Fleck hatte sich auf dem hellen Stoff gebildet. Die

Peinlichkeit hatte ihr dick ins Gesicht geschrieben gestanden.
Monday hatte die Situation auch nicht verbessert, er hatte lediglich
wie ein Irrer gelacht. „Ist das deine Art, mir zu sagen, dass du
deine Tage hast?", hatte er gescherzt.

Der unbekannte Blondschopf bemerkte seinen Blick und lächelte ihn
schüchtern an. Das dürfte ein sehr interessanter Urlaub werden,
flüsterte die kleine perverse Stimme in seinen Gedanken. Kopfschüt-
telnd erwiderte er ihr Lächeln. Er riss den Blick von ihr los und
schnappte sich seine Koffer. Erst einmal würde er sich in seinem
Zimmer ausbreiten und sich frische Kleidung überwerfen. Er stellte
sich vor den Fahrstuhl und wartete. Neben ihm ein Asiate, der
ebenfalls wartete. In einer fließenden Bewegung kam der Fahrstuhl
in der Lobby an und seine Türen glitten auf. Monday deutete dem
Asiaten den Vortritt. Kurz darauf befanden sich beide in dem Me-
tallkasten und wählten ihre jeweiligen Etagen. Die Türen schlossen
sich. Nur die Fahrstuhlmusik und das schwere Atmen des Asiaten
waren zu vernehmen. Etwas unheimlich. Dass der Fahrstuhl plötz-
lich langsamer wurde, machte es nicht angenehmer. Sie waren noch
längst nicht auf einer der gewählten Etagen. Auch der Asiate
schaute verwundert. Mit einem ohrenbetäubenden Quietschen und
einem lauten Knallen über ihnen kam der Fahrstuhl endgültig zum
Stillstand. Die Musik endete abrupt; das Licht fiel aus. Der Urlaub
wurde wirklich interessant. Zu seinem Glück aktivierte sich schnell

die Notbeleuchtung und tunkte den schätzungsweise ein Quadratmeter kleinen Raum in ein rotes Licht. Würde jetzt noch die Musik laufen, und der Asiate Geld fordern, wäre das Mondays Bordell ähnlichstes Erlebnis. Er schaute seinen Mitgefangenen eindringlich an. Dieser sprach etwas völlig Unverständliches, anscheinend sprach er kein Wort Englisch. Super.

„Okay, ganz ruhig, Nicholas. Nicht in Panik verfallen, rational denken", sagte er sich.

Der Asiate aber hatte andere Vorstellungen, wie das laufen sollte. Er schrie auf und sprang gegen die Türen. Hart schlug er mit bloßen Fäusten dagegen.

„Ja. So viel dazu …" Er zerrte den Mann an den Schultern zurück, drückte ihn in eine Ecke. Ein Paar verängstigter Augen musterte ihn. Monday gab ihm mit einem Schütteln seines Kopfes zu verstehen, dass er ruhig bleiben sollte. Tatsächlich wurde der Kerl ruhiger. Monday ließ von ihm ab und untersuchte den Fahrstuhl.

„Geht doch. Außerdem … wie schlimm kann es schon werden -" Wieder knallte es über ihnen. „Oh-oh." Scheppernd rutschte der Fahrstuhl ein Stück nach unten. Sein Puls raste, und der Asiate war komplett am Durchdrehen. „Hey, Frühlingsrolle!", schrie er selbst. „Hör auf! Das macht es nicht besser. Verdammt nochmal, ich hab' keine Lust, dass mir wegen Ihnen noch was Schlimmeres passiert! Verstanden?" Der Asiate schaute ihn verdutzt an.

Natürlich verstand er nichts von dem, was der komische Junge gesagt hatte.

Während der Asiate herunterkam, begann Monday zu hyperventilieren. Die Luft stand und die Temperatur stieg auch immer weiter. Wie lang war er schon in diesem Grill gefangen? Fast schon brutal rammte er mit dem Rücken an die Wand und glitt nach unten, kauerte am Boden. Er zog seine Knie an sich und legte seine Stirn auf sie. Er hasste den Urlaub. Er hasste ihn so sehr. Womit hatte er das verdient? Er wollte doch nur die freien Tage mit seinen Eltern genießen. Seine Eltern. Ahnten sie, dass er in dieser Todeszelle festhing? Über ihnen begann es erneut zu rumpeln. Doch statt des erwarteten Falls, öffnete sich der Notausstieg. Ein venezianischer Feuerwehrmann steckte seinen Kopf durch die Luke. „Come sta?" Monday schaute nach oben und zuckte die Schultern. „Ich nichts italiano."

„Scusi?", fragte der Feuerwehrmann.

„Aiuto! Facci uscire da qui. Velocemente, per favore!" Monday klappte die Kinnlade herunter. Dieser verfluchte Asiate konnte kein Sterbenswörtchen Englisch, aber ITALIENISCH?! Der Feuerwehrmann zog sie an den Armen heraus in den Schacht, von da aus ging es an Seilen weiter nach oben zur nächstliegenden Etage. Dort warteten seine Eltern auf ihn, um ihn gleich in ihre Arme zu schließen.

Nie wieder, schwor er sich. Nie wieder würde er freiwillig in einen dieser Metallsärge steigen.

Monday setzte sich mit einem frischen Kaffee an den Tisch im Pausenraum. Er inhalierte das röstige Aroma und ruhte kurz seine Augen aus. „Nie wieder", ächzte er.

„Was nie wieder?", fragte O'Connor und schenkte sich selbst eine Tasse Kaffee ein. „Meinst du die Nudeln beim Chinesen gegenüber? Scheint heute das Thema des Tages zu sein."

Monday hob eine Augenbraue und guckte seinen Partner fragend an. Er sagte nichts dazu, wollte er gar nicht. Er trank einen Schluck und beobachtete über den Tassenrand, wie O'Connor sich ihm gegenübersetzte.

„Und was machst du heute Abend?"

„Versuchst du gerade, Smalltalk mit mir zu führen?" O'Connor nickte ihm grinsend zu. „Ich weiß zwar nicht, warum es dich interessieren sollte, aber ich werde den Abend mit Mel verbringen."

„Du weißt schon, Karéy ist bald zurück."

„Ja, aber erst nächste Woche und bis dahin …" Monday lehnte sich zurück und wackelte mit den Augenbrauen.

„Stört es dich nicht, dass ihr euch sie „teilen" müsst?", fragte O'Connor neugierig. Sein Partner zuckte nur mit den Schultern und verschränkte die Arme vor der Brust.

„Weder ist sie mit mir noch mit Karéy liiert. Sie hat sich niemandem zu verpflichten. Es ist auch keine verschrobene Dreiecksbeziehung. Es ist auch nichts Verbindliches für keinen von uns. Karéy ist sich zudem bewusst, dass Mel andere Männer sieht. Außerdem kann man *das* mit der Vorgesetzten wirklich fabelhaft als Überstunden abrechnen."

„Gewieft", lachte O'Connor kurz. Sein Blick fiel in seine Kaffeetasse, er seufzte. „Es mag blöd klingen, aber eigentlich ist es traurig, mit anzusehen, wie sie immer mehr zu einem weiblichen Adam mutiert. Schade."

„Solange der Spaß da ist, soll mich das nicht kümmern."

„Ich meine ja nur. An dem Abend, da stand sie in meiner Wohnungstür. Ich hatte sie erst einmal so weinen gesehen, das war, als Adam angegriffen wurde und im Koma lag. Ich sag' dir eins, Nick, Adam hat es ihr noch nie leicht gemacht. Egal, ob positiv oder negativ betrachtet. Ich kann mir aber nicht vorstellen, dass er sie dermaßen verletzen wollte. Vielleicht hatte sie auch etwas zu voreilig gehandelt. Arg, ich weiß es nicht, was mit den beiden falsch läuft. Mel, wie bereits gesagt. Und Adam? Das ist noch mal eine komplett andere Geschichte, nimmt völlig andere Ausmaße an. Erst heiratet er. Dann wird er zum Player. Er lernt Mel kennen … Monogamie, was ist das? Er verfällt in alte Muster, ist wieder der Player. Betrügt infolgedessen auch noch Mel. Und jetzt will er wieder heiraten? Adam ist echt ein kaputter Mann. Unglaublich, aber wir sind trotzdem Freunde."

„Das ist echt 'ne Leistung dieses Idioten, und sehr edel von dir."

O'Connor grinste. Ja, Adam war ein Idiot, wenn es um diese Dinge im Leben ging. „Am Wochenende kommt mein alter Partner in die Stadt. Wir wollen was trinken gehen und auf den Schießplatz. Also, vielleicht nicht in der Reihenfolge. Du bist herzlich eingeladen." Monday überlegte, er würde eh nichts unternehmen, warum dann Zuhause bleiben.

„Gerne", antwortete er.

„Sehr schön. Schön. Aber fordere ihn ja nicht heraus, der trinkt dich untern Tisch." Erst recht, wenn Alexa und Curtis nicht anwesend sind, fügte er in Gedanken hinzu.

„Hattest du eigentlich den Bericht fertig geschrieben? Mel will ihn bis morgen auf ihrem Tisch liegen haben."

„Ja, klar", nickte O'Connor, „ich bring' ihn ihr später." Er stand auf, wusch seine Tasse ab und machte sich wieder an die Arbeit. Monday schaute ihm nach. Der Ire hatte den

Bericht mit Sicherheit nicht beendet, geschweige denn überhaupt angefangen. Er war faul geworden, wenn nicht sogar hinterfotzig, indem er die Aktenarbeit immer versuchte auf Monday abzuschieben. Ein toller Deputy war Maxwell O'Connor. Stets motiviert und engagiert. Er füllte sich Kaffee nach und trottete zu seinem Schreibtisch. Einen Tisch weiter saß O'Connor, der gehetzt auf seiner Tastatur herumhämmerte. Monday lachte sich ins Fäustchen. Recht so.

Der Abend war angebrochen, das Revier leerte sich langsam. Monday steckte seine Sonnenbrille in die Brusttasche und klopfte höflich an Grants Tür.

„Herein", hörte er sie sagen. Er schwang die Tür auf, ein koketter Blick zierte sein Gesicht. „Was machst du denn noch hier?", fragte sie perplex.

„Ich hol' dich ab." Grant schlug sich im Geiste mit der Handfläche gegen die Stirn. Den Detective hatte sie total vergessen.

„Euh, na-natürlich", stotterte sie. Binnen Minuten war das Chaos, was sie als Büro bezeichnete, aufgeräumt. „Entschuldige, aber das mit Mr. Coon hat mich ein bisschen aus der Bahn geworfen." Sie trat auf ihn zu und küsste ihn kurz auf die Wange.

„Wow", wisperte Monday, sein Grinsen noch breiter als zuvor.

„Was?" Er zog sie an der Hüfte näher zu sich und vergrub sein Gesicht in ihrem Haar. Sein Atem heiß gegen ihre Haut.

„Kaum taucht dieser Trottel auf, schon geht alles drunter und drüber. Der hat eindeutig zu viel Einfluss auf euch. Das ist nicht gut." Sie schmiegte sich an ihn. Der Duft seines Cologne stieg ihr in die Nase. Holzig. Pinie. Sex.

„Na ja, er hat das Revier bezahlt", nuschelte sie gegen seine Brust.

„Das meine ich nicht, das weißt du." Sie löste sich von ihm und beugte sich über den Tisch, um nach ihrer Handtasche zu greifen. Monday packte sie erneut an den Hüften und presste seinen Unterleib an ihren Hintern. Gott, er war so gut, Grant stöhnte leise auf. „Denk an die Abmachung, du kleiner Perverser."

„Dann umgeh die Unterhaltung nicht."

„Tu ich das?", fragte sie und drückte sich stärker gegen ihn.

„Ich glaube, das musst du mir dann nochmal erklären. Wie ein Lehrer es tun würde."

„Wohin?", brachte er nur hervor.

„Du krabbelst mich heute andauernd an … Also frage ich Sie, *Professor*, wohin?", ihre Stimme war immer dunkler und verführerischer geworden.

„Ich bin in Schwierigkeiten, Professor?"

„In … der Tat", kam seine Antwort. Grant schaute nach oben in sein Gesicht. Er hatte sich erst am Morgen rasiert, trotzdem waren schon die nächsten Stoppeln zu erkennen. Und seine dunklen Augen, sie hatten wieder dieses seltsam Hypnotisierende angenommen. Damit wirkte er immer etwas einschüchternd, und das gefiel ihr. Sie zwang sich einen Schritt zurück, als er auf sie zutrat. Der Tanz ging weiter, bis sie die kühle Wand an ihrem Rücken spürte. Sie presste ihre Tasche an ihre Brust und starrte ihn an. Was er wohl gerade dachte? Vielleicht plante er seine nächsten Schritte. Es war kein Leichtes, diese Fassade zu durchschauen. Hände schnellten nach oben und drückten sich jeweils in die Wand neben ihrem Kopf. Sie keuchte auf.

„Was soll ich bloß mit Ihnen anstellen, Miss Grant?" Sein Atem streifte ihre Lippen, ihre Augen schlossen sich unwillkürlich. Der Kuss war intensiv, dominierend und fordernd, als er seine Lippen hart auf ihre presste. Eine der Hände, die ihn gestützt hatten, schloss sich um ihren Nacken und neigte ihren Kopf nach hinten, soweit es die Wand zuließ. Ihr

Körper noch näher an seinem. Das Denken war vergessen, wäre auch sinnlos gewesen. Sie kannte nur ihn, seinen signifikanten Geruch, seine Wärme. Er war so heiß. Die Außentemperatur trug einen großen Teil dazu bei. Verdammter Klimawandel! Warte. Warum kam sie auf den- Arg, manchmal verstand sie sich selbst nicht. Sie wimmerte in den Kuss hinein, als er ihr mit seiner freien Hand die Tasche entriss und klanghaft auf dem Parkett landen ließ. Gefühlt eine Ewigkeit machten sie miteinander herum, ehe er von ihr abließ. Ihr Atem ging heftig. Sie öffnete ihre Augen und fand ihn immer noch vor ihr auf sie herabschauend.

„Nachsitzen. Ich denke, das wäre angemessen", raunte er in ihr Ohr. „Ihre Bestrafung beginnt in zwei Minuten. Ich muss noch ein paar Eiswürfel auftreiben." Monday machte auf dem Absatz kehrt und verschwand in der Küche. Sie stieß sich mit den Schultern von der Wand ab und wollte ihm folgen, als sie umknickte. „Heilige Mutter Mo- FUCK!", fluchte sie unüberhörbar und hielt sich den Fuß.

„Das hab' ich jetzt aber nicht gehört, junge Dame", rief Monday. Grant verdrehte die Augen und setzte sich an den Esstisch. „Was zum-"

„Ich bin nur umgeknickt."

„Tut es weh?"

„Nur ein bisschen", lächelte sie ihn an und streckte ihren beschuhten Fuß. Er guckte einen Moment lang drauf, bevor er sich hinkniete und ihn vorsichtig in seine Hand nahm.

„Eventuell wäre es ratsam gewesen, etwas anderes Schuhwerk anstelle von Pumps anzuziehen, Miss Grant." Ein schmutziges Grinsen zeichnete sein Gesicht. Er streifte den Schuh von ihrem Fuß, hielt die ganze Zeit Blickkontakt mit ihr, erlaubte seinen geschickten Fingern, die sensible Stelle zu massieren. Ihr stockte der Atem, seine Augen brannten in sie hinein.

„Dann hätte ich aber keinen Vorwand gehabt, um dass Sie mich anfassen, Sir." Er ließ den ersten Fuß frei und widmete sich dem anderen. Auch ihn erlöste er vom lästigen Kleidungsstück. Seine Finger liebkosten ihren Knöchel und Fuß zärtlich, sehr gekonnt, als sie ihm hingebungsvoll zuschaute. Dann hob er den Fuß weiter an und küsste ihn, sie war sich sicher, dass sie fast ohnmächtig geworden wäre. Ihr wurde schwummrig, als er ihren schlanken Knöchel küsste.

„Allein dafür müsste ich Ihre Bestrafung erhöhen, Sie kleines Luder." Lippen berührten ihren Knöchel erneut, und sie versank immer weiter im Stuhl. Normalerweise mochte sie es nicht, wenn sich jemand an ihren Füßen zu schaffen machte.

Doch die Art und Weise wie Monday sie hielt und anfasste, es machte süchtig.

„Ich will doch nur Spaß, Professor", war alles, was sie hervorbrachte, wobei es fast schon stöhnend klang.

„Wie wär's, wenn Sie erst einmal Biologie verstehen? Erst die Arbeit, dann das Vergnügen."

„Und wenn man beides verbindet? Und Sie mir dabei helfen?", wisperte sie. Er stützte sich auf den Stuhllehnen auf und leckte sich die Lippen. Versuchte, sie zu lesen. Es war immer etwas erdrückend, wenn er sie so eindringlich anschaute, als wäre sie das einzig interessante Objekt im Raum. Selbst ließ sie ihren Blick an ihm auf und ab schweifen. Er war das Objekt ihrer Begierde.

„Ich werde Ihnen helfen, indem ich jeden noch so kleinen Fleck Ihres Körpers erkunden und mir einprägen werde. Damit ich Ihre brennende Haut hinter meinem Auge sehe. Damit ich Ihre Lippen kenne. Ihre Töne. Ihre Schreie vor Lust." Seine Stimme war düster, seidig und tief, umschlang sie und zog sie an. Sie wollte nicht, schluckte trotzdem unweigerlich.

„Ich mach' Sie doch nicht nervös, Miss Grant, oder?" Er lehnte sich nach vorn, verkleinerte den Abstand zwischen ihnen minimal. Sie sagte nichts, guckte ihn einfach an. Wieder dieses versaute Grinsen. Er kam ihr noch näher, bald wäre er ihr so nah … Sie blinzelte, versuchte sich zusammenzureißen. Aber genau das schien das Raubtier in ihm zu wecken. Seine Nase strich ihr Haar ganz leicht und sein Körper war ihrem so dicht, dass sie schon Phantomberührungen seiner Haut spürte. „Keine Antwort ist auch eine Antwort. Nur seh' ich das als Widerspruch, wollen Sie mir widersprechen?" Seine Stimme wurde noch dunkler, und sein Atem war heiß gegen ihr Ohr. Er griff nach ihrem Kinn und legte es in seine Hand, damit sie ihn auch wirklich ansah. Kaum tat sie es, war sie auch schon wieder gefesselt von seinem Blick. Mit Daumen und Zeigefinger fuhr er ihren Kiefer entlang und stoppte an ihrem Hals. Sie schloss die Augen und endlich nach langem Warten spürte sie seine Lippen. Sie stöhnte auf. Dieses Gefühl. Der Geschmack. Er. Vor allem aber der Geschmack. Von wegen Eiswürfel holen, er hatte sich einen Schnaps genehmigt. Er teilte ihre Lippen, knabberte an ihrer Unterlippe, bevor er mildernd mit seiner Zunge darüberfuhr und sie ihr schließlich in den Mund schob. Er stöhnte gegen ihre Lippen. Feuer schoss direkt in ihre Mitte. Ein leises Wimmern entfuhr ihr, ehe er aufhörte und ihren Blick suchte.

„Wie würde sich Widerspruch auf meine Bestrafung auswirken, Sir?" Sie wollte, brauchte ihn so dringend.

„Können wir diese Problematik auf einen anderen Zeitpunkt verschieben? Ich befürchte, anders verlier' ich die Kontrolle über mich selbst." Grant biss sich kurz auf die Unterlippe. Sie schlang ihre Arme um seinen Nacken und drängte sich ihm entgegen. Ein kleines Keuchen trennte ihre Lippen, sofort ergriff seine Zunge die Chance, tauchte in die Kaverne ihres Mundes, massierte Grants mit einer Heftigkeit, die sie so nicht von ihm kannte. Was hatte ihn bloß geritten? Sie ja wohl noch nicht, aber sie brannte innerlich. Seine Hände wanderten von den Stuhllehnen zu ihrem Hintern. Durch die Plötzlichkeit entfuhr ihren Lippen ein Stöhnen in seinen Mund.

„Oh mei-, ist das ein lieblicher Klang", murmelte er und küsste ihr Kinn, ihren Hals hinab, bis zum Kragen ihres Oberteils. Seine Zunge huschte über ihre Pulsader und ihre kleinen Hände zerrten an ihrem Oberteil. Monday kicherte in sich hinein und drückte sie zurück gegen die Lehne, stoppte ihre zierlichen Finger. Sein Kichern verwandelte sich in ein tiefes Lachen, spielend hob er eine Augenbraue, als sie schmollte.

„Oh, ich bin noch lange nicht fertig mit dir, du gieriges Stück. Ich will das Ganze nur relokalisieren. Wie wir *Studierten* es oftmals *tun*." Er legte seine Lippen wieder auf ihre und packte ihre Schenkel. Mit Leichtigkeit hob er sie hoch, instinktiv hakte sie ihre Beine um seine schmalen Hüften und stöhnte, als er sie ins Schlafzimmer trug. Er setzte sie am Bettende nieder und zog ihr das Oberteil aus. Der schwarze spitzenbesetzte BH, der sich darunter verbarg, brachte ihn zum Grinsen. Er ließ seine Hände von ihren Schultern gleiten, entlang ihren Armen, ehe er sich vor ihre Füße kniete. „Ich meine, gesagt zu haben, Ihnen helfen zu wollen, damit Sie mir nicht durchfallen, Miss. Soll ich beginnen?" Er hob eine Augenbraue und wartete auf ihre Erlaubnis. Sie schaute ihm in die Augen, ihre Hände umfassten seine Wangen. Sie küsste ihn kurz.

„Oh, bitte, Professor." Er leckte sich die Lippen und drückte sie aufs Bett. In seinen Augen brannte Lust, als er ihren Körper betrachtete. Ihre Beine, die über das Bett hingen, so schlank.

„Dann lass uns anfangen." Gott, diese Stimme würde noch ihr Tod sein.

Sie stützte sich auf ihren Ellenbogen und beobachtete Monday, der immer noch am Bettende kniete. Wohltuend massierte er eine ihrer Waden. Ihr Atem stockte, als seine Lippen ihren Fuß berührten – immer wieder, bis er ihre Wade erreichte. Dann wandte er sich ihrem zweiten Bein zu, folgte derselben Prozedur. Sie runzelte die Stirn. „Wie es mir scheint, favorisieren Sie meine Füße, Sir."

„Ich favorisiere Ihren kompletten Körper, da sind Ihre zierlichen Füße nun mal mit inbegriffen", erklärte er und küsste ihre Knöchel. Grant feuchtete ihre Lippen an und nickte, blonde Locken fielen über ihre Schultern. Er küsste ihre Knie. Erst das eine, dann das andere. Seine Hände wanderten nach oben zu ihren Schenkeln. Die Muskeln zuckten und tanzten unter seinen Fingern. Grant schluckte. Er sah, wie sich ihr Kiefer anspannte, als sie versuchte, sich aufrecht zu setzen. Er legte eine Hand auf ihre Schulter, um sie unten zu halten. Er beobachtete sie über die Wölbung ihrer Brüste. Die dunklen Augen gaben ihr einen stillen Befehl. Sie verstand, legte sich hin und starrte an die Decke. Seine Lippen fanden ihren Weg zurück zu ihrem linken Fuß und arbeiteten um ihren Knöchel herum. Warme, feuchte Küsse trafen ihre Haut, immer wieder bäumte sie sich ihm entgegen, als seine Hände ihre Beine streichelten. Sie unterdrückte ein Stöhnen und holte Luft. Ihr Gesicht brannte, und ihre Augen stachen. Hatte sie etwa vergessen zu blinzeln? Er gab ihr einen Moment, entspannte ihre Muskeln. Er schob ihren Rock höher, um ihre Schenkel zu küssen. Dann stand er auf und ließ sich zwischen ihnen auf dem Bett nieder. Er stützte sich über sie, sein Körper nur

Zentimeter über ihrem, als er in ihr Gesicht blickte. Sein Blick durchdrang sie förmlich, und sie konnte nicht ausweichen. Seine Augen schweiften nach unten, sie folgten dem leichten Schweißfilm zwischen ihren Brüsten, der sich dann im Stoff ihres BHs verlief. Er wollte sie unbedingt. Sex war zu seinem Vergnügen geworden. Und das Vergnügen war sein Job. Schon immer, auch wenn es früher noch etwas jugendfreier ausgesehen hatte. Streiche spielen und ähnliches. Mit seiner Zunge fuhr er die salzige Linie nach. Erneut attackierte er ihren Mund, konsumierte ihre Lippen, teilte sie, um sie zu schmecken. Er liebte, wie sie schmeckte. Die Geräusche, die sie von sich gab, als er sie energisch zurück in die Matratze presste. Er kniete sich wieder vor sie und hakte die Finger in den Bund ihres Rocks. Grinsend zog er ihn ihr aus und warf ihn hinter sich. Seine Hände fuhren über ihre Schenkel. Gierige Augen lagen auf dem kleinen, dünnen Stoffteil, was man wohl kaum Alltagsunterwäsche nennen konnte. Vorfreude breitete sich in ihm aus, wenn er daran dachte, was darunter war. Lust. Vergnügen. Befriedigung. Grant griff nach der Decke unter ihr, als er den Saum ihres Slips zwischen seine Zähne nahm und ihn langsam nach unten zog. Draußen mochte es vielleicht heiß gewesen sein, aber in ihr brodelte es noch mal tausend Grad heißer. Sie konnte nicht anders als sich unter dem tiefen Knurren zu winden, das vom Fuße des Bettes ausging, bevor seine Hände über ihren Schamhügel strichen. Er richtete sich einmal mehr auf, stand und guckte auf sie herab, wie sie da lag auf der Matratze.

„Mich beschleicht das Gefühl, der Zustand Ihres Kleidens ist etwas unausgeglichen. Finden sie nicht auch, Miss Grant?"

Seine raue Stimme war Musik in ihren Ohren und sie stöhnte, als seine Lippen ihre fanden. Sie küssten ganz zart, während-dessen er mit einer geschickten Handbewegung ihren BH ge-öffnet hatte. Auch dieser verschwand irgendwo hinter ihm.

„Du bist so unfair", flüsterte sie.

KAPITEL DREI

Er hielt beide ihrer Handgelenke in einer Hand fest und grinste, als er sein Gesicht in ihren Brüsten vergrub. Er streckte seine Zunge heraus und umkreiste nacheinander ihre Brustwarzen. „Wie ich diese Brüste liebe", ächzte er und brachte sie zum Erröten. Ihr Puls war schnell. Beinahe verzweifelt versuchte sie, ihre Beine zusammenzudrücken, aber seine Position zwischen ihnen machte es schier unmöglich. Er packte sie an ihren Hüften und beugte sich nach unten. „Mal sehen, wie du dich heute anhörst, wenn du in Wallungen kommst." Sie wimmerte, als ein Finger ihren nassen Schlitz herunterrutschte. Eine raue Fingerspitze streifte ihren Kitzler und ließ ihre Hüften bei dem familiären und befriedigenden Gefühl tanzen. Das Grinsen in seinem Gesicht schien mittlerweile permanent. Er schaute kurz zu, wie ihre Augen nach hinten rollten, bevor er sich so bewegte, dass sein Mund ihre rechte Brust erreichte. Sie schrie auf, ihre Hüften wanden sich unter ihm und trieben seine Erregung weiter, die schmerzhaft schwer gegen seine Hose drückte. Gott, sie würde noch seinen Tod bedeuten. Sein Finger glitt weiter herunter, fand die Nässe ihres Eingangs und stieß vorsichtig hinein. Er zog ihn wieder heraus und spielte wieder an ihrem Kitzler.

„Oh, komm schon", flehte sie und warf ihren Kopf zurück. Sie drückte ihre Hüften fester gegen seine Hand und suchte ihr Vergnügen. Er nahm ihre andere Brust in seinen Mund, ihr Stöhnen hallte durchs Schlafzimmer. Sein Finger stieß in sie und seine Zähne knabberten an dem rosigen Fleisch ihres Nippels. Weitere Finger folgten, und er stütze sich auf dem Arm, der ihre Hände bislang gehalten hatte. Sie schlang ihre Arme um ihn, ihre Nägel krallten sich in den Leinenstoff seines Hemdes, ihre Hüften bewegten sich immer heftiger.

„Nicholas. Oh, Nick", stöhnte sie, als sein Daumen ihre Perle fand.

„Na los, Kleines, komm für den guten alten Bio-Professor", zischte er zwischen Küssen und übte mehr Druck aus. Bewegte seine Finger, bis er das schwammige Fleisch fand, ihren G-Punkt. In Ekstase schrie sie auf, weiße Flammen tanzten über ihre Haut und verschlangen sie von innen. Sie hörte nur Rauschen, als sie unter ihm kam. Endlich schaffte sie es, ihre Augen zu öffnen und erwiderte den zufriedenen Blick Mondays.

„Warum lass' ich mich andauernd auf dich ein?" Sie legte ihre Hände über ihre Augen, nur um dass er sie wieder wegnahm.

„Weil du nicht Nein sagen kannst. Zumindest nicht zu dem hier", antwortete er leise. Sie bemerkte, dass er sich selbst entkleidet hatte und nun in Unterhosen neben ihr lag. Automatisch streckte sich ihre Hand aus, um ihn anzufassen.

„Wir sind doch aber noch nicht fertig, oder?" Sie biss sich auf die Unterlippe und schaute ihn abwartend an.

„Heute geht ausnahmsweise mal Studieren über Probieren." Er rückte im Bett umher und half ihr, sodass sie ebenfalls gegen das Kopfteil gelehnt saß. Er rollte auf seinen Rücken und schob die Boxershorts nach unten, seine Erektion sprang ihr entgegen. Er hasste es, wenn Grant ihn als seinen kleinen Freund bezeichnete. Er war nicht klein. Er war durchschnittlich groß. Seine Finger streichelten sanft über den Kopf und zogen die Vorhaut zurück, um den dunkelroten und violetten Kopf zu präsentieren.

„Schön zugucken", stöhnte er plötzlich und umschloss seinen durchschnittlich großen Freund mit seinen Fingern, seine Hand bewegte sich erst runter, dann rauf. Mit seiner

Handfläche fuhr er über den Kopf seines Penis, sammelte den Vorsaft und nutzte ihn als Gleitmittel, während er schneller wurde. Sie leckte sich die Lippen, fühlte, wie sich in ihr ein neuer Knoten bildete. Der eine Orgasmus war ihr anscheinend nicht genug.

„Zugucken", wiederholte er. Seine Hand begann sich leicht zu drehen und griff ihn so fest, dass es schon fast schmerzhaft aussah. Doch sein Gesicht zeigte alles andere als Schmerz. Seine Augen waren voller Lust und sein Mund war leicht geöffnet. Sie hielt es nicht mehr aus. Sie rollte herum, ihre Brüste drückten sich an seinen Oberkörper, als sie ihn hungrig küsste. Seine freie Hand landete auf ihrem Hinterkopf, vergrub sich ihn ihrem Haar, während seine andere die Bewegungen beschleunigte. Ihre kleine Hand wanderte seinen Bauch entlang und fand seine schnell bewegende Hand. Er unterbrach sich selbst, nahm ihre Hand in seine, klebrig von den Samen, und half ihr, sein pulsierendes Glied zu packen. Er führte ihre beiden Hände auf und ab, drehte sie und stöhnte in ihren Mund, indessen er ihr mit seiner Erlösung half. Mit einer letzten Bewegung bedeckten seine Samen ihre Hände und seinen Bauch. Jetzt war sie es, die grinste. Sie lehnte sich nach unten und leckte alles sauber. Als sie fertig war, zog Monday sie hoch und presste seine Lippen auf ihre.

Sie brachen auseinander, um Luft zu holen. Er atmete gegen ihr Haar, während er sie in den Arm nahm und sich mit ihr hinlegte. „Ich denke, Sie haben bestanden", lächelte er und küsste ihre nackte Schulter.

28. Juni, 2018.

Müde rieb sich Monday die Augen und tastete nach Grant. Nichts. Er gähnte und setzte sich auf, um sich zu strecken. Sie war schon auf, hatte mit Sicherheit bereits den Kaffee aufgesetzt, war duschen gewesen und saß jetzt bestimmt am Esstisch. Er warf die Bettdecke zur Seite und schwang die Beine aus dem Bett. Noch immer nicht ganz bei Sinnen trottete er durch das Zimmer auf der Suche nach seiner Unterhose. Er fand sie, zog sie sich über und betrat den Wohnraum, wo Grant tatsächlich am Esstisch saß.

„Morgen", grüßte sie und reichte ihm eine Tasse Kaffee.

„Wunderschönen, guten Morgen", gab er schläfrig zurück. Er nahm die Tasse und roch daran. Oh ja, Kaffee. Sein Lebenselixier. Ohne ihn wäre er morgens regelrecht aufgeschmissen. Grant trank einen Schluck und widmete sich ihrer Ausgabe der heutigen Tageszeitung. Auf der Titelseite prangerte das Orangengesicht des Präsidenten, darunter stand: TÄGLICH

TRUMPT DAS DONALDTIER. Grant verdrehte die Augen und seufzte. Hatte er erneut Twitter gesprengt? Sie las weiter und wollte schon fast lachen, der Typ war unfassbar. Es hieß, er hätte sich mal wieder mit Migranten angelegt, hätte ihnen gedroht, würden sie nicht unverzüglich die Vereinigten Staaten verlassen. Diese taube Nuss kapierte doch rein gar nichts. Wahrscheinlich saß das Toupet zu fest. Grant grunzte laut und bekam von Monday nur einen fragenden Blick. *Der Mann versteht seine eigenen Geschäfte nicht, liegt bestimmt am Toupet, das sitzt wahrscheinlich zu fest.* Genau das hatte Coon vor einem Jahr gesagt. So sehr sie ihn auch sonst hasste, umso mehr liebte sie ihn für diese Zeilen. Er hatte sie gesagt. Vor laufender Kamera. In aller Öffentlichkeit. Jeder konnte es hören. Jeder konnte es sehen. Dank dem modernen Zeitalter sogar heute noch in Dauerschleife. Ja, Coon und Trump waren wahrlich nicht die besten Freunde, würden es nie sein. Sie schlug die Seite um und hob eine Augenbraue. Wenn man vom Teufel spricht, dachte sie. COON CORP. GOES EUROPE lautete der Titel, unter ihm ein Bild mit Coon und seiner Verlobten Juliette Wade. Genervt schlug sie die Zeitung zu, leerte ihre Tasse in einem Zug und stellte sie geräuschvoll auf den Tisch. Sie stand auf und rückte ihr Kostüm zurecht. „Wenn du fertig bist, schließ mit dem Schlüssel unter der Fußmatte ab. Wir sehen uns später", sagte sie und küsste ihn flüchtig auf die Wange. Monday schaute ihr verwirrt hinterher, als sie das Apartment verließ. Stimmungsschwankungen. Hätte er es nicht besser gewusst, hätte er auf ihre Tage getippt. Er zuckte die Schultern und frühstückte weiter.

Grant lief die Straße entlang zu ihrem Wagen. „Super", murmelte sie und zog ihren viel zu warmen Blazer aus. Der Tesla stand bereits um diese Uhrzeit in der prallen Sonne. Sie schloss den fahrenden Ofen auf und stieg ein. Sie startete den Motor und reihte sich in den Berufsverkehr. Ihr Telefon vibrierte, sie stöhnte auf. Was jetzt? Eine Nachricht vom Präsidium, das hatte ihr noch gefehlt. Es bedeutete nie etwas Gutes, wenn sich das Präsidium nicht über den offiziellen Weg meldete. Sie wendete den Wagen und fuhr nach Downtown. Sie war froh, wenn die Woche endlich vorbei war. Dann hätte sie erst einmal Urlaub, O'Connor würde sich um alles kümmern, und sie hätte Zeit für sich. Sie würde ihre Eltern besuchen. Sie würde sich mit Alexa, Curtis und Tico treffen. Sonst einfach in den Tag hineinleben, ohne die ständige Arbeitsroutine.

Sie parkte den Wagen direkt vor dem Präsidium, schnappte sich ihre Tasche und lief los. Das letzte Mal, als sie hier antreten musste, ging es um Sicherheitsvorkehrungen. *Wie schütze ich meinen Präsidenten?* hieß es in der Einladung. Oh, diese Versammlung war so sinnlos gewesen. Keiner konnte ein Sicherheitskonzept aufstellen, weil Trump es durch seine Ideen-in-letzter-Sekunde immer geschafft hatte, sie über den Haufen zu werfen. Der Mann hatte sie nicht mehr alle! Sie nahm den Aufzug und wählte die „Chef-Etage", da wo die Konferenzen stattfanden.

Der Aufzug machte einen Zwischenstopp und jemand alt-bekanntes stieg dazu. „Captain Grant", grüßte der Mann. „Inspector", nickte sie. Inspector Berry Black, der ehemalige Captain des 17ten Reviers, musterte sie von oben bis unten. „Schöner Tag heute, nicht wahr?"

„Euh … ja", antwortete sie und lächelte freundlich. Sie war sich nicht sicher, worauf das hinauslief. Eine seiner Phasen? Imagewechsel? Er hatte sich schon nach der Geburt seines Kindes verändert. Dann kam die Scheidung – ziemlich schmutzig. Danach seine Beförderung vom Captain zum In-spector. Vor ein paar Wochen bekam er ein neues Büro zuge-teilt. Und wenn man den Gerüchten glauben konnte, sah er sein Kind nur noch einmal im Monat.

„Ich schätze, Sie wurden ebenfalls per SMS hierhergeholt." Wieder nickte Grant. Ihr war etwas unwohl. Er dachte anscheinend, sie würde es nicht merken, dass er näher rückte. Sie atmete hörbar aus und versteifte sich.

„Melinda", begann er, sie runzelte die Stirn, „ich frage mich", oh-oh was jetzt, „ob Sie heute Abend schon etwas vorhaben." Ay caramba. Das kam unerwartet wie das Öffnen der Aufzugtüren. Synchron traten sie heraus und liefen zum Konferenzraum. „Also?", hakte er nach. Hatte sie etwas vor? Eigentlich nicht. Wollte sie den heutigen Abend mit Black verbringen? Eigentlich nicht. Er war mal ihr Vorgesetzter gewesen. War sie am Arsch, weil sie unschlüssig war? Etwas.

„Nein, ich hab' nichts vor."

„Das trifft sich gut. Ich will nämlich das neue Rezept für Kürbis-Risotto ausprobieren und könnte ein wenig Gesellschaft vertragen. Wenn es Ihnen nichts ausmacht, ich würde mich freuen." Sie beobachtete ihn aus dem Augenwinkel und schluckte. Dieser verdammte Hundeblick.

„Hört sich toll an, Sir."

„Oh, bitte. Berry reicht völlig", lächelte er und deutete ihr den Vortritt in den Konferenzraum.

„Oh, Scheiße", wisperte sie zwischen zusammengepressten Zähnen und setzte sich. Rechts von ihr, wie hätte es anders sein können, Inspector Black und links zu ihrer Überraschung der Chief of Department, Farah Moreno.

„Was machen Sie denn hier?", fragte Grant.

„Ich hab' das Treffen einberufen."

„Dann scheint es ja wirklich ernst zu sein."

„Ist es. Oder dachten Sie, Wallace will wieder über die Dienstwagen diskutieren?"

„So ungefähr. Die SMS hat uns nur alle misstrauisch gemacht."

Chief Moreno lachte kurz, dann erhob sie sich und hustete. Alle Augen waren auf sie gerichtet. „Guten Morgen, Ladies und Gentlemen. Ich weiß, es kam etwas unerwartet und plötzlich, dennoch … die Problematik, mit der wir uns auseinandersetzen müssen, besteht seit geraumer Zeit und erreicht nun wohl ihren Höhepunkt. Es geht um die Drogengeschäfte in dieser Stadt. Sie nehmen zu und werden gefährlicher, fordern immer mehr Tote-"

„Drogen fordern doch immer Tote", rief einer der Anwesenden und erhielt Zustimmung von den anderen.

„Es geht hier nicht um den Konsum, sondern um den Handel. Die Gangs, die Organisationen werden stets aggressiver und gewalttätiger, wenn es darum geht, wer die besten Konditionen hat. Das letzte Opfer ist diese Nacht gestorben. Ein junger Mann, gerade einmal zwanzig. Auf offener Straße ermordet."

„Und wo?"

„In einem Ganggebiet in der Bronx."

„Das heißt noch lange nicht, dass es was mit Drogen zu tun hat."

„Ich denke schon. Er hatte die Taschen voller Ecstasy, zudem war er aufgrund Drogenhandels vorbestraft. Und er gehörte einer gegnerischen Gang an. Wunderschön zu erkennen an einem Tattoo auf seiner Schulter. Das ist Bandenrivalität in einem Ausmaß, das ich bisher noch nicht kannte."

„Und was sollen wir machen? Ich meine, wir können schlecht in das Gebiet reinspazieren und fragen: Hey, wer von euch hat den Jungen umgebracht?"

„Keine Sorge, den Mörder haben wir schon-"

„Und warum sind wir dann hier, Chieftess?", fragte Inspector Black.

„Heute Abend findet Upper East Side eine Party statt, gehostet von unserem Drogenbaron-"

„Er wird wohl kaum auftauchen, damit wir ihn festnehmen können."

„Mr. Black, halten Sie Ihre" - „Inspector, bitte."

„Ich werd' den Inspector gleich in Ihren Arsch schieben", fauchte der Rotschopf. Black wurde still und senkte seinen Blick. „Ich möchte die Party infiltrieren, um herauszufinden, warum der Handel auf einmal so eskaliert. Ich weiß, wir können ihn nicht unterbinden, aber eventuell zu alten Zuständen zurückführen. Also, welches Revier macht's?" Keiner regte sich. Niemand wollte. Verständlich, keins der anwesenden Reviere hatte einen Undercoveragenten in ihrer Flotte. Und auf einer dieser Veranstaltungen durfte einem kein Fehler unterlaufen, die Folgen wären nicht berechenbar. Grant machte sich ganz klein neben Moreno, in der Hoffnung, dass ihr Revier nicht herhalten musste. „Melinda." Scheiße. „Ich denke, Sie haben die richtigen Leute."

Wieso konnte sie nicht jetzt schon Urlaub haben? Wieso musste sie sich die Diskussion mit O'Connor antun? Den Iren störte es, dass Grant ihn auf diese Party schickte – mit Monday. Bei aller Liebe zu seinem Partner, aber er hatte sich eine bessere Begleitung vorgestellt. Eine etwas weiblichere Begleitung. „Ich werde nicht mit ihm gehen", wiederholte er. „Max, du bist mein bester Mann und Nick ist dein Partner. Ihr geht dort zusammen hin und damit basta."

„Kann Tracey nicht mitkommen?" Grant stöhnte genervt und rieb sich die Schläfen. Seit wann gab O'Connor Kontra? So benahm er sich doch sonst nicht. Und wie kam er eigentlich auf die Idee mit Tracey? Sie war IT-Spezialistin, nicht mal ansatzweise für den Außeneinsatz trainiert.

Sie atmete tief durch, dann lächelte sie ihn an. „Weißt du was?", zischte sie. Die Ader in ihrem Hals pulsierte heftig. „Wir machen das ganz anders. Wenn du dich vehement wehren kannst, kannst du auch hunderte von alten Akten aufarbeiten. Du bleibst heute Abend hier, dann hast du dafür reichlich Zeit." Sie wandte sich von ihm ab und durchsuchte ihre Handtasche nach ihrem Telefon. „Ich werd' Black einfach absagen und stattdessen eben Nick begleiten", murmelte sie. O'Connor würde nach der Nummer dieses Jahr keinen Weihnachtsbonus bekommen. ‚*Tut mir leid, Berry, aber heute Abend wird nichts. O'Connor möchte keine Verantwortung übernehmen, jetzt begleite ich einen der anderen Detectives. Melinda*‘

Eine Antwort ließ nicht lang auf sich warten.

‚*Kein Problem. Vielleicht nächste Woche? Richten Sie O'Connor schöne Grüße von Captain Permafrost aus ;) Berry*‘ Grant lachte in sich hinein. Unglaublich, dass sie ihn einst für den größten Arsch der Welt gehalten hatte. Ehrlich gesagt, schien er in dem Augenblick sogar recht gesellig. Auch wenn das im Aufzug im ersten Moment etwas merkwürdig gewesen war. Ein Räuspern riss sie aus ihren Gedanken heraus. Mit weiten Augen sah sie auf. Verdammt, O'Connor steht ja noch hier, dachte sie. Ihn hatte sie schon verdrängt.

„Du darfst gehen, Max."

„Soll ich Nick aufklären?"

„Das mach' ich. Du hast Akten aufzuarbeiten, nicht wahr?"

O'Connor funkelte sie wütend an und grummelte etwas vor sich her, während er das Büro verließ. Grant schaltete das Radio ein und ging ihren Kalender durch. Es war nichts vorgemerkt. Also konnte sie eine ruhige Kugel schieben bis zur Party. Sie nahm ihr Telefon, las nochmal die letzte Nachricht von Black. Warum bis nächste Woche warten? Sie hätte eh gleich Mittagspause, Black sicherlich auch. Sie konnten sich im *The Dutch* treffen, das lag ungefähr mittig des Präsidiums und des Reviers. *‚Ich hab gleich Mittagspause. Sie auch? Wenn ja,* The Dutch *soll ziemlich lecker sein'*, schrieb sie und wartete auf seine Antwort. Sie lauschte dem Radio und drehte sich in ihrem Stuhl in Richtung Fenster. Sie liebte den Sommer, auch wenn die Sonne momentan unausstehlich war. Die Tiere. Die Pflanzen. Die Abende. Dieser Eisstand im Central Park mit seinem teuflisch guten Eis. Ihr Telefon vibrierte, blitzschnell griff sie danach. Hm, nur ihr Zahnarzt, der ihren Termin nächste Woche absagte wegen irgendwelcher Vorbereitungen für den anstehenden Feiertag. Sie verdrehte die Augen und blätterte in ihrem Kalender. Sie strich den Termin und schaute wieder auf ihr Telefon. Wieder eine neue Nachricht, diesmal wirklich von Black.

‚Hab' ich gehört. Bin in zwanzig Minuten da. Wehe, Sie versetzen mich nochmal, dann bin ich untröstlich.' Sie packte zusammen, schaltete das Radio aus, schloss ihr Büro ab und machte sich auf den Weg. Es war schon erstaunlich, wie sich alles entwickelte. Ob auf der Arbeit, privat, in ihrem Liebesleben oder in der Welt allgemein. Manches davon ging ihr eindeutig zu schnell.

„Sie sagen mir also, dass Coon in Ihren Zellen versauerte?" Black schaute sie skeptisch an und nahm einen Bissen seiner Frikandel, eine holländische Spezialität.

„Sie wollten wissen, was es aufregendes Neues zuletzt gab … und na ja, dass seine Anwältin bettelnd ankam, damit er zu uns verlegt wurde, ist durchaus aufregend."

„Melinda", kicherte er, „ich kann es nur immer wieder sagen, ich mag Sie von Sekunde zu Sekunde mehr." Grant wurde warm. Was war nur mit ihr los? Reiß dich zusammen, sagte sie sich, das führt zu nichts. Außer vielleicht zu Sex. Warum dachte sie neuerdings bei jedem Mann nur noch daran? Aber konnte sie sich etwas mit ihm vorstellen? Schlecht sah er nicht aus, etwas klein gewachsen, aber darüber konnte sie locker hinwegsehen. Er war ungeahnt witzig und charmant. Kochen konnte er anscheinend auch und er mochte Coon nicht sonderlich. Witzige Tatsache, stellte sie fest, alle, mit denen sie momentan schlief, hatten etwas gegen den kanadischen Unternehmer. Okay, was hieß alle? Das betraf gerade mal Karéy und Monday. Aber ein weiterer witziger und ironischer Fakt war, dass Coon schon lange nicht mehr der Publikumsliebling war. „Ach ja?", hakte sie nach.

„Ja", nickte Black. „Ich muss mich schon entschuldigen für mein Verhalten damals als Ihr Captain. Aber irgendwie musste ich mich erst einmal behaupten."

Grant legte kichernd eine Hand auf seinen Unterarm und schüttelte leicht den Kopf. „Schon gut. Musste ich auch, obwohl ich schon seit Jahren auf dem 17ten arbeite." Sie nippte kurz an ihrem Wein, bevor sie fortfuhr. „Wollen Sie noch was aufregendes Neues aus meinem Leben erfahren?"

„Oh, ich bitte doch darum."

„Ich hab' die nächste Woche Urlaub und bin heiß auf Ihr Kürbisrisotto. Ich kann doch mit einem Dessert rechnen, oder?", fragte sie spaßeshalber lasziv, ihr Finger umfuhr den Rand ihres Glases. Black verschluckte sich an seiner Frikandel und hustete wie verrückt. Mit weit aufgerissenen Augen guckte er sie an. Damit hatte er nicht gerechnet. Er dachte, er mache sich nur etwas vor. Würde am Ende wie ein Vollidiot vor ihr stehen, aber der Altersunterschied schien sie nicht zu stören.

„Euh … ja, ja. Ein Dessert wird es geben." Und wie es das wird. Er würde ihr ein Dessert besorgen, wie es ihr noch nie besorgt wurde. „Sie gehen heut Abend also zur Party anstelle von O'Connor?" Der plötzliche Themenwechsel machte sie kurz stutzig, sie nahm einen Schluck Wein und nickte.

„Das ist richtig. Mit Detective Monday."

„Eine Schande, dass ich als Inspector nicht darf. Ich hätte Sie gern begleitet."

„Als Ausgleich dafür, dass Sie mich heut nicht bekochen können?"

„Deswegen und weil ich Sie mag. Ich kann's nur wiederholen", gestand er.

„Sie sind ein Charmeur", grinste sie.

„Da kann ich Ihnen wohl oder übel nicht widersprechen."

„Meine Güte, wenn ich denen aufm Revier erzähle, dass Sie so … sympathisch sind. Die werden mir 'n Vogel zeigen."

„Wäre doch witzig", grinste nun auch Black. Er blickte auf seine Armbanduhr und seufzte. „Hach, meine Pause ist gleich vorbei." Grant nickte. Ihre Pause wäre auch bald vorbei. Sie kramte in ihrer Tasche nach ihrem Portemonnaie, doch Black hielt sie auf. „Geht auf mich."

Grant musterte ihn, während sie ihren Wein austrank.

„Verdammt, sehe ich wirklich so bedürftig aus?", fragte sie und stellte das Glas ab.

Black lachte. „Nun ja, dazu mal keinen Kommentar… Außerdem sagten Sie doch selbst, ich sei ein Gentleman. Daher ist es für mich selbstverständlich, dass ich bezahle." Der Kellner brachte die Rechnung, und Black nahm sie entgegen. Er öffnete sein Portemonnaie und zog zwei größere Geldscheine heraus. Grant klappte die Kinnlade herunter. Scheiße, war das Essen so teuer gewesen? Und welcher Mensch hatte heutzutage derart viel Bargeld dabei? Er stand auf und reichte ihr seinen Arm. Sie hakte sich bei ihm ein und begleitete ihn nach draußen zu seinem Wagen. Ein Citroën DS mit Verdeck. In Schwarz mit roter Lederausstattung. „Meine Fresse, der Kerl hat Stil", murmelte sie, in der Hoffnung, er würde es nicht hören. Falsch gehofft.

„Bitte?", fragte er nach.

„Mein Wagen steht dort drüben", antwortete sie scheinheilig und deutete in die Richtung.

„Der SUV?"

„Euh, nein. Der", korrigierte sie und zeigte präziser mit ihrem Finger auf den Tesla. Black nickte verstehend.

„Na dann", sagte er, „viel Spaß heut Abend."

„Warum wünschen mir die Leute in letzter Zeit andauernd viel Spaß? Fast schon öfter als einen schönen Tag."

„Ich würde sagen, weil Sie's verdient haben."

„Pff. Heut Abend wird auf jeden Fall nicht zum Spaß sein." Sie küsste ihn zum Abschied auf die Wange und flüsterte noch in sein Ohr: „Überhaupt hab' ich eine andere Vorstellung von Spaß." Damit machte sie auf ihrem Absatz kehrt und lief zu ihrem Wagen. Als sie weit genug entfernt war, fasste er sich an die Wange und stieß zittrig Luft aus. „Die Frau kriegt mehr als nur *ein* Dessert." Währenddessen war Grant in ihr Auto gestiegen, hatte sich angeschnallt und startete den Motor. Ihr Urlaub hatte noch nicht einmal begonnen, aber wurde jetzt schon immer besser.

Zurück auf dem Revier, bemerkte sie schnell, dass sie die Zeit etwas aus den Augen verloren hatte. Eiligen Schrittes huschte sie in ihr Büro hinein. Sie war gute fünfundvierzig Minuten zu spät. Doch genau genommen konnte ihr das egal sein. Immerhin war sie der Captain. Und solange kein Chief unterwegs war und kontrollierte, war sie auf der sicheren Seite. Es klopfte, ihr Blick ruhte zunächst auf der Tür. Sekunden später trat Monday ein und erwiderte ihren überraschten Blick. „Da bist du ja! Ich hatte dich gesucht. Ich wollte eigentlich mit dir in der Pause essen gehen, aber-"

„Du hättest eher was sagen sollen, ich war mit Berry essen."

„Und Berry ist wer?"

„Inspector Black, wenn dir das weiterhilft."

„Das … klingt ja su-per", lächelte er gezwungen. Bildete sie sich das nur ein oder war er eifersüchtig? Sie schüttelte den Kopf und verwarf den Gedanken.

„Mach die Tür zu und setz dich hin, Nick." Hoffentlich hat er abends nichts vor, dachte sie und setzte ihr unschuldigstes Lächeln auf. Er wird schon kein Theater wie Max machen.

„Was gibt's?", fragte er und nahm ihr gegenüber Platz.

„Du wirst heute Abend mit mir auf eine Party gehen … Aber nicht zum Vergnügen, bilde dir ja nichts darauf ein. Eigentlich solltest du mit Max gehen, aber der werte Herr wollte nicht. Wie dem auch sei, das Präsidium schickt uns dorthin. Wir sollen ein wenig investigativ sein, observieren, analysieren, einschätzen."

„Und wer ist die Zielperson?"

„Alle", antwortete sie stoisch. Monday runzelte die Stirn. Alle war eine ziemlich akkurate Aussage, mit der man sehr viel anfangen konnte. Er blieb still, wollte nicht weiter darauf eingehen. „Chief Moreno will herausfinden, warum inzwischen mehr Menschen durch den Drogenhandel als durch den Drogenkonsum sterben. Die Party geht um neun Uhr los, das heißt, wir werden gegen zehn eintreffen. Wir sind keine geladenen Gäste, die werden also unsere Taschen kontrollieren. Keine Waffen, keine Marken, keine … Ausweise, verstanden? Wir sagen einfach unsere Namen und bestenfalls lassen die uns so rein. Komm' ja nicht auf die Idee, einen Smoking anzuziehen. Leger, ja? Wenn wir drin sind, mischen wir uns unters Volk und versuchen, was herauszufinden. Dass du die Leute nicht direkt darauf ansprechen sollst, muss ich dir hoffentlich nicht sagen. Am besten teilen wir uns nicht auf und bleiben zusammen. Ich will mich nur ungern ohne Sicherung mit einem dieser Leute anlegen. Es gibt keinen Alkohol oder überhaupt irgendetwas zum Trinken, auch kein Essen. Wir wissen nicht, was dort vielleicht drin ist. Wenn dir jemand etwas anbietet, lehnst du es entweder dankend ab oder du nimmst es an, aber nicht ein. Ich durfte schon mal Bekanntschaft mit 'nem Idioten auf Drogen machen, das will ich mit dir nicht wiederholen. Aber tu mir den Gefallen und schrei nicht gleich Nein, wenn jemand auf dich zukommt. Wir nehmen deinen Wagen. Sieht zwar aus wie 'ne kleine Knutschkugel mit dem roten Lack und den zwei Sitzen –"

„Hey, er ist besser als deiner!"

„Oh ja, erleuchte mich erneut, wie toll doch dein Wagen ist! Hab's ja nicht oft genug gehört! Obwohl ich es schon beim ersten Mal verstanden habe. Arg … Wo war ich? Ach ja, dein Auto. Hast du noch irgendwelche Fragen?" Sie faltete ihre Hände zusammen und stützte ihr Kinn darauf. Monday überlegte. Er hatte eine. Sollte er sie stellen? Er war sich nicht einig. Wenn sie es schon anbot. Jedoch war die Frage keineswegs ernst gemeint. Er wollte sie nicht verärgern, aber es war so verlockend. Er konnte nicht widerstehen. „Du sagtest, wir würden uns nicht aufteilen. Gilt das auch, wenn wir auf Toilette müssen?", witzelte er. Ihre Lippen eine dünne Linie, ihre Augen Schlitze.

„Frag mich das nochmal auf der Party, wenn ich keine Waffe bei mir trage."

„Ich hab' dich auch lieb", grinste er und warf ihr einen Luftkuss zu. Sie ächzte auf und legte ihren Kopf auf die kühle Tischplatte. Mit einer Handbewegung entließ sie ihn, schickte ihn weg. Manchmal war er schlimmer als ein gewisser Kanadier und das wollte etwas heißen.

KAPITEL VIER

Leger. Etwas chic oder durch und durch bequem? Chic oder bequem? Ein überfordertes Grochsen schallte durch das Schlafzimmer. Kleidung flog durch die Luft. Landete auf dem Bett oder dem Boden. Nicht einmal die Socken blieben unverschont. Als dann das letzte Kleidungsstück den Weg aus dem Schrank fand, gab Grant sich geschlagen. Ein Outfit, das konnte warten. Barfuß tapste sie durch ihr Apartment in ihr Badezimmer. Die Fliesen unter ihren Füßen spendeten angenehme Kühle. Sie drehte den Wasserhahn auf und beobachtete, wie sich die Wanne langsam füllte. In ihrer Hand hielt sie eine lila Badekugel, die wundervoll nach Flieder roch. Sie wartete auf den perfekten Moment, dann warf sie sie in das Wasser. Es begann zu sprudeln und bald bedeckte weißer Schaum das klare Wasser. Sie entkleidete sich und tauchte erst einen Zeh ein, dann komplett. Der Duft der Badekugel umhüllte sie und brachte sie zur Entspannung. Sie schloss ihre Augen, holte Luft und glitt vorsichtig nach unten, bis sie vollständig vom Wasser umgeben war. So verweilte sie einige Augenblicke. Es war ein schönes Gefühl für sie. Unbeschwert treiben und nichts hören außer das übliche Rauschen in den Ohren, wenn man unter Wasser war. Nach Luft japsend tauchte sie wieder auf und strich sich die Haare aus dem Gesicht, bedacht darauf, sich keinen Schaum in die Augen zu reiben. Sie rückte ein Stück nach hinten und lehnte ihren Kopf an den Wannenrand. Sie hatte noch reichlich Zeit, bis Monday sie abholen würde.

Sie durfte sich nicht unnötig viele Gedanken um das Anstehende machen, sie würde nur unruhig werden. Dann konnte sie auch gleich in Polizeiuniform dort antreten. Sie nahm ihren Luffaschwamm und schrubbte sich sauber. Sie fühlte sich schon jetzt wie ein neuer Mensch. Nichts ging über ein wohltuendes Bad. Das hatte bereits ihre Großmutter gesagt. Zum Abschluss tauchte sie noch einmal unter.

Sie stützte sich auf dem Wannenrand, nacheinander verließen ihre Füße das kalte Nass. Die Fliesen kamen ihr noch kälter vor. Sie trat einen Schritt nach vorn, das Handtuch zum Greifen nah, als sie wortwörtlich den Boden unter den Füßen verlor. Nicht gerade galant und wenig ladylike landete sie auf ihrem nackten Hintern. Grant stöhnte schmerzerfüllt auf und

rieb die Stelle, während sie sich aufrappelte. Im zweiten An-
lauf erreichte sie das Handtuch, wickelte es fest um ihren
Oberkörper, ihre Haare ließ sie lufttrocknen. Sie warf ihrem
Ebenbild im Spiegel einen grimmigen Blick zu. „Klar, Grant,
brich dir das Genick", maulte sie. Sie drehte sich nochmal zur
Wanne und fischte im Wasser nach dem Stöpsel.

Als sie im Badezimmer so weit fertig war, setzte sie sich
auf ihre Couch, schaltete den Fernseher ein und beschäftigte
sich mit ihrem Telefon. Sie öffnete den Online-Shop eines
Modelabels und scrollte durch die Angebote. „Trauriger-
weise mein neues Hobby", lachte sie. „Uh, so ein hübsches
Kleid!" Sie war gerade dabei, es zu bestellen, als sich ihr Magen grummelnd zu Wort meldete. Anscheinend sollte das
Geld für etwas anderes ausgegeben werden. Sie schaute auf
die Uhr. Rein theoretisch hatte sie genug Zeit, um beim Chinesen etwas zu bestellen. Sie zuckte die Schultern und
dachte: Warum also nicht? Ein kurzer Anruf, und ihr Essen
war unterwegs. Nach etwa einer halben Stunde klopfte es an
ihrer Tür. Sie schnappte sich das Geld und prüfte den Halt ihres Handtuchs, ehe sie dem Lieferanten öffnete. Ein pickliger,
junger Mann stand ihr mit Helm auf dem Kopf und Papier-
tüte in den Händen gegenüber. „Hier, Ihr Essen, Ma'am. Das

macht elf Dollar", sagte er und reichte ihr die Tüte. Recht höflich, dachte sie und nahm sie ihm ab. Dann aber runzelte sie
die Stirn.

„Hey!", fuhr sie ihn an. „Das Geld ist in meiner Hand, nicht
zwischen meinen Brüsten!" Erwischt. Der Junge griff nach
dem Geld und machte sich eilig davon. Grant schmiss die Tür
zu, mit dem Essen ging sie dann zum Fenster an der Feuerlei-
ter. Sie schob es auf, sodass sie sich setzen konnte. Genoss das
Essen als auch den leichten Luftzug an ihren nackten Beinen.
Im Himmel über ihr dämmerte es langsam, bald würde es
dunkel werden, und die Party beginnen. Noch knapp eine
Stunde blieb ihr. Wieder schweiften ihre Gedanken zu den
kommenden Tagen ab. Karéy würde wiederkommen, mit
Black würde sie sich ein zweites Mal treffen. Und Monday
hatte sie eh schon rund um die Uhr am Hals, zumindest bis
sie Urlaub hatte – obwohl selbst das nichts garantierte.
Monday hatte durchaus eine interessante Persönlichkeit. Am
Anfang hatte sie ihn als recht offenherzig empfunden, auch
wenn er in manchen Gesprächen etwas zugeknöpft war.
Dann lernte sie ihn etwas kennen, er zeigte Anstand und Ma-
nieren, riss keine dummen Sprüche. Irgendwann erfuhr sie
immer mehr und Genaueres über ihn, und seine kindische
Seite offenbarte sich ihr in all den schönen Facetten, trotzdem

wollte sie ihn. Nachdem sie das Fenster geschlossen und den Verpackungsmüll entsorgt hatte, ging sie zurück in ihre persönliche Todeszone alias das Badezimmer. Sie föhnte ihre Haare, drehte sie in leichte Wellen, damit sie etwas mehr Schwung bekamen. Das Make-up fiel, sagen wir, „auffälliger" als sonst aus. Danach nahm sie sich dem Chaos in ihrem Schlafzimmer an. Wieder fragte sie sich: „Chic oder durch und durch bequem?" Sie durchforstete die Berge an Klamotten, aber fand doch nichts. Dann kam ihr eine Idee, warum nicht sexy? Sie tigerte auf die andere Seite ihres Bettes und zog mehrere Teile aus dem Berg. Ein kurzer, schwarzer Rock mit Lederapplikationen an den Seiten. Ein schwarzes spitzenbesetztes Unterwäscheset. Ein bordeauxrotes Chiffontop mit schmalen Trägern. „Gerade durchsichtig genug", kicherte sie und ließ die Hüllen fallen beziehungsweise das Handtuch. Sie kleidete sich ein, suchte noch ein Paar passende High Heels heraus und setzte sich dann an ihre Küchentheke. Lange dauerte es nicht, da klopfte auch schon Monday an ihrer Tür. Sie öffnete ihm und begutachtete ihn von oben bis unten. Monday grinste sie schelmisch an, dachte wahrscheinlich das Gleiche. „Partnerlook, wie niedlich." Genau wie sie trug er untenrum alles schwarz und ein Hemd in *bordeauxrot*.

„Finde ich auch", antwortete er und fasste sie an der Taille, um sie zu küssen. Doch es waren nicht ihre Lippen, die er spürte, sondern ihre Wange. Er schaute sie mit großen Augen an.

„Erst die Arbeit", mahnte Grant und hob eine Augenbraue. „Guck nicht so, du kennst die Regel."

„Nein, es ist nicht das. Es ist nur … du riechst nach Flieder. Meine Oma riecht auch immer nach Flieder."

„Danke? Du Arsch", sagte sie und verschwand kurz im Apartment, um Telefon und Schlüssel zu holen, beides steckte sie irgendwie in die kleine Rocktasche. Zusammen liefen sie die Treppen nach unten. Er legte seine Hand an ihren unteren Rücken und erklärte: „Ich liebe meine Omama, also sieh's als Kompliment." Grant lachte auf und drückte ihm einen Kuss auf die Wange. Er hatte sich heute gar nicht rasiert, ungezähmte Stoppel zerstörten beinahe das Bild seines sonst gepflegten Bartes. So wie er ihn trug, erinnerte der Bart an den von Rupert Friend. Wieso fielen ihr solche Sachen jedes Mal in den unpassendsten Momenten auf? Sie stieg in den Wagen und schnallte sich an, das Verdeck über ihr öffnete sich. Monday startete den Motor und wartete, bis das Verdeck eingefahren war, bevor er losfuhr.

Die Musik dröhnte aus dem Club die gesamte Straße entlang. Die armen Anwohner. Das wird 'ne Nacht, dachte sie. Monday joggte ums Auto, um ihr beim Aussteigen zu helfen und warf die Zündschlüssel dem Valet zu. Er schlang den Arm um ihre Hüfte, neigte den Kopf zu ihr. „Später. Wenn das hier geklärt ist, könnten wir doch …"

„Nick!"

„Was denn? Ich mein' ja nur, dein Oberteil lässt der Fantasie wenig übrig", raunte er in ihr Ohr, und Grant erwiderte nur kopfschüttelnd: „Wie charmant." Sie betraten den Vorraum des Clubs, ein Gorilla von Mann nahm sie in Empfang – wirklich zufrieden schien der nicht.

„Name", fragte er plötzlich, auch wenn es mehr nach einem Befehl klang. Verdammt, jetzt ging es los.

„Wir sind keine geladenen Gäste."

„Name", wiederholte er monoton. Der hatte bestimmt keine Freunde.

„Grant."

„Und er?" – „Begleitung." – „Irgendwelche Waffen oder sonstige gefährliche Gegenstände?"

„Außer ihre Absätze wohl kaum", lachte Monday. Der Gorilla verzog keine Miene, war aber sicherlich genauso stutzig wie Grant. Manchmal war der Detective nicht allzu witzig, wie er vielleicht annahm.

Wie schnell eine Situation doch unangenehm werden konnte. „Ja", räusperte sie sich, „nein, wir führen nichts Derartiges mit uns." Ohne Weiteres ging er beiseite und ließ die zwei passieren. Es war laut, warm, roch nach Alkohol und Cannabisfarm. Heilige Scheiße, dachte sie. Innerlich war sie angespannt, doch versuchte, es nicht nach außen hin zu zeigen. Es würde auf jeden Fall nicht leicht werden, etwas herauszufinden. Sie überlegte, sollten sie sich gleich unter die Leute mischen oder erst einmal aus sicherer Distanz beobachten? „Was meinst du?", fragte sie Monday, wissend, dass er ihren Gedanken erahnte. Er hob seinen Arm und deutete mit seinem Finger in die Ferne. „Dahinten ist 'ne Lounge. Wir sollten uns langsam heranpirschen, nicht übereifrig werden." Er sah ihr Nicken und führte sie durch die Menge zur Sitzgruppe. Er fiel nieder in das weiche Polster und placierte Grant auf seinem Schoß. Damit hatte er sie kalt erwischt. Mit einer Kopfbewegung zur Seite, klärte er sie auf. Um sie herum saßen immer wieder Männer mit Frauen auf ihnen – nur sitzend, verstanden – anscheinend war das gang und gäbe. Grant entspannte und nutzte ihre erhöhte Position zum Vorteil, um sich einen besseren Überblick zu verschaffen.

„Was ist deiner Meinung nach der Grund für diese „Auseinandersetzung" hier?", flüsterte sie halb, laut genug, damit er sie über die Musik verstand.

Monday grunzte kopfschüttelnd. „Wenn ich dir", lachte er, „wenn ich dir das sagen könnte, hätte ich mich niemals hierherschleppen lassen, Darling." Seine Hand berührte ihr Knie und wanderte langsam nach oben zum Saum ihres Rocks.

Grant stoppte ihn mit ihrer eigenen, funkelte ihn warnend an.

„Hey, ich folge nur dem Beispiel der Herrschaften da drüben", verteidigte er sein Benehmen, Grant seufzte aus tiefster Seele auf und lehnte sich gegen seine Brust. „Was ist los?"

„Ich frag' mich nur, wie Moreno sich das vorgestellt hat. Ich bezweifle stark, dass wir etwas herausfinden werden."

„Ohne aufgedeckt zu werden?"

„Nein, allgemein." Monday lachte auf und küsste schnell ihre Hand, in der Hoffnung, die Stimmung etwas zu lockern – ohne Erfolg. Sie fand es nicht sonderlich witzig, hätte dem Chief am liebsten den Hals umgedrehte. Warum wir? Das wunderte sie sich nicht zum ersten Mal. Geistesabwesend spielte sie an den Knöpfen seines Hemdes. Ein paar Mal blinzelte Monday zu ihr, behielt aber die meiste Zeit das Geschehen um sie herum im Auge. Jedoch bemerkte er nicht, dass sie selbst beobachtet wurden. Erst als derjenige hinter ihnen stand und „Hey!" rief, wirbelten sie erschrocken herum.

Coon grinste sie selbstgefällig an. „Wolltest du gerade wirklich an dein Holster nach deiner Waffe greifen? Schon komisch, wenn man nichts Durchschlagkräftiges dabeihat, huh?"

„Aber du, oder was?", giftete Grant ihn an. Der Kanadier drehte ihnen den Rücken zu und schob seine Weste nach oben. Das silberne Schießeisen reflektierte im Licht der schwenkenden Scheinwerfer. „Wie?", erschrak Grant. „Die werden doch abgenommen."

„Nur den ungeladenen Gästen", zwinkerte er und setzte sich auf den Sofarücken. Zornig sprang Grant auf. „Was zur Hölle?" Coons Stimmung schlug um, er runzelte die Stirn. „Was zur Hölle sollte ich *dich* fragen. Bist du eigentlich wahnsinnig, die kennen dich doch."

„Tun sie nicht, sonst stünde ich wohl kaum hier."

„Warum seid ihr überhaupt hier? Lässt das PD die Eier baumeln beziehungsweise die Eierstöcke?" Er blinzelte zwischen den beiden hin und her. Grant sagte nichts, es war immerhin streng vertraulich. „Das wiederum sollte ich dich fragen." Coon zuckte die Schultern und winkte einen Kellner, der Drinks servierte, herbei. „Wieso bist du eingeladen, Adam?" Er ignorierte sie und schaute Monday an.

„Wie war Ihr Name noch gleich?"

„Nicholas", antwortete er.

„Nico?" – „Ni-cho-las."

Grant wurde wütend, sie schnappte Coon das Glas aus der Hand und stellte es außerhalb seiner Reichweite ab. „Beantworte meine Frage", fauchte sie. „Hast du doch was mit Drogen zu tun? Was ist mit deinen Auflagen? Du weißt, nichts Kriminelles."

Coon kicherte: „Ich habe keine Auflagen mehr, die wurden aufgehoben. Eine *Richterin* war so *nett*."

Es schüttelte Grant, ein Schauer lief ihr über den Rücken.

„Urgh, du bist ein narzisstisches Schwein!"

„Schätzchen, das weiß ich doch. Schließlich hast du mir gütigerweise ein T-Shirt mit diesem Aufdruck zu meinem letzten Geburtstag zukommen lassen. Wolltest deinem Ex wohl nochmal einen richtigen Arschtritt verpassen."

„Du steckst zu sehr in der Vergangenheit, Adam."

„Ich stecke grundsätzlich immer in irgendetwas."

Sie verdrehte die Augen und warf Monday einen flüchtigen Blick zu, dieser lauschte interessiert. Sie wollte sich gerade zu einer Entschuldigung überwinden, als Coon sie unterbrach.

„Versuch gar nicht erst, dich zu entschuldigen. Du hattest Recht, ich habe es verdient. Obwohl ich nach wie vor denke, dass das mit meinen Autos et-was zu weit ging. Ja, es war im Eifer des Gefechts, aber … wie dem auch sei. Wollt ihr Molly probieren?", fragte er und hielt ein Tütchen hoch.

„Du hast doch was mit Drogen zu tun", sagte sie und zeigte auf die Droge. Coon hob beschwichtigend die Hände.

„Lass es mich erklären, Melinda. Es gibt zwei Gründe, warum. Erstens haben mich der Baron und der neue Chef FINKs eingeladen und zweitens möchte ich herausfinden, wer mir die Drogen in der Firma deponiert hat. Es würde mich nicht wundern, wenn es FINK selbst war. Ich meine, gehört zu haben, dass Wouter Vaude, der neue Chef, den Drogenmarkt an sich reißen will und gern nach jedem Strohhalm greift, den er kriegen kann."

„Das erklärt aber nicht, warum Sie eingeladen wurden", mischte sich nun auch Monday ein.

„Okay, ja. Vaude will einen Deal mit mir aushandeln, damit ich ihm helfe. Hat mir auch gleich einen neuen Pin geschenkt mit dem neuen Emblem – hier", sagte er und zeigte auf den Anstecker an seinem Revers. „Ich werde den Deal eh nicht annehmen. Ich meine, in Luxemburg habe ich dann Besseres zu tun. Glaub mir." Und das tat sie. So betrügerisch er auch war, ging es um die Organisation, log er nie. Monday stand auf und entschuldigte sich kurz, zur Toilette zu gehen. Als er weg war, schaute sie Coon besorgt in die Augen. „*Du* bist wahnsinnig."

„Ich schätze, wir beide sind es", stellte er fest. Szenarien schwirrten in ihrem Kopf, von denen sie dachte, sie sich niemals vorzustellen. FINK hatte bisweilen nichts Gutes bedeutet, das würde sich aus ihrer Sicht auch nicht ändern. „Melinda, hör auf, dir Sorgen zu machen. Vaude ist ein recht … geselliger Holländer. Der ist harmlos." Coon kicherte leise vor sich hin. „Und erneut sehe ich es nur rattern in deinem Kopf. Ich gehe dann mal. Viel Spaß noch bei was auch immer ihr hier macht", zwinkerte er und verschwand zwischen den anderen Gästen.

In der Zwischenzeit hatte Monday endlich die Herrentoilette gefunden. Er stellte sich an eines der Urinale und erleichterte sich. Hätte ich doch bloß nicht so viel zuhause getrunken, dachte er. Hinter ihm ging die Tür auf. Schritte einer Person. Ein Wasserhahn wurde aufgedreht, Monday hörte nur das Plätschern. Ein zweites Paar Schritte erklang. Er konnte nichts sehen, eine Wand versperrte ihm die Sicht.

„Ah, Adam, da sind Sie ja", sagte eine heisere Stimme.

Konnte das sein? Das Wasser hörte auf zu plätschern.

„Sir." Ja, es war dieser Coon.

„Lassen Sie bitte das Sir. Wouter genügt. Haben Sie bereits über den Deal nachgedacht?"

„Ich weiß nicht. Ich habe Gründe, warum ich gegangen bin. Außerdem muss ich mich die Tage um den Umzug kümmern. Ich-ich habe selbst Firmen zu leiten und dann soll ich noch FINK verhelfen, Nummer eins im Drogenhandel zu werden. Das ist eine tragreichende Entscheidung." Coon klang ziemlich nervös, wenn nicht gar ängstlich. Glaubte man dem, was in den Medien über ihn stand, dann war das definitiv nicht seine Art.

„Daher sollten Sie sich ganz schnell entscheiden. Adam, verstehen Sie doch … Wir, FINK – vor allem ich persönlich -, wollen doch nur das Beste für Sie. Dass es Ihnen gut geht." Das alles hörte sich mehr nach einer schmerzenden Drohung als nach Schutz oder Absicherung an. „Wie gesagt, entscheiden Sie sich. Schnell. Bis dahin noch eine angenehme Zeit." Die Tür öffnete sich erneut und die Schritte verklangen.

Mondays Starre löste sich, er machte endlich seinen Hosenstall zu und betätigte die Spülung. Er lief zu den Waschbecken und wusch sich die Hände. Coon stützte sich auf einem der Becken, er seufzte und beobachtete Monday im Spiegel.

„Das klang ziemlich bedrohlich", stellte der Detective fest.

„Sarkasmus?" – „Nein, keineswegs." Coon drehte sich um und lehnte sich mit verschränkten Armen gegen das Waschbecken.

„Hörte sich danach an." – „Ich hör' mich meistens so an."

„Machen Sie sich über mich lustig, Nico-boy, weil ich Angst. Gezeigt. Habe?" Seine Stimme war monoton und verletzt zugleich. Kratzte diese „Bloßstellung" etwa an seiner Maskulinität? Monday winkte ab. „Oh, nein. Ich doch nicht." Zum dritten Mal in den letzten, wie viel waren es, zehn, fünfzehn Minuten ging die Tür auf. Mit der Hand vor den Augen betrat Grant die Herrentoilette.

„Ehrlich, Melinda, du hältst dir die Augen zu? Wenn, hast du doch schon unsere beider Mischgemüse gesehen", meckerte Coon.

„Mischgemüse?", fragte Monday nach. Von was redete der Kerl?

„Na ja, jeweils zwei Erbsen. Bei Ihnen kommt noch ein Möhrchen dazu, und bei mir eine Gurke." Monday grunzte verächtlich.

„Wohl eher ein Gewürzgürkchen."

„Seid ihr dann fertig mit euren Penis-Metaphern?", funkte Grant dazwischen, sie wirkte ungeduldig. Vielleicht ein wenig gehetzt. „Nick, ich weiß, wie wir an Informationen kommen. Der Baron steht dort draußen an der Bar und ist offenbar sehr redselig."

Monday war skeptisch. Was hatte die Frau vor? „Und? Willst du ihn *hier* festnehmen und ausfragen?"

„Was, nein!", riefen Grant und Coon unisono. „Tut mir leid, aber dermaßen lebensmüde bist du nicht, Melinda", rechtfertigte Coon.

„Danke? Und nein, Nick, wir werden ihn nur belauschen, eventuell rutscht ihm ja was raus." Der Kanadier schob sich zwischen die zwei und erntete einen neugierigen Blick von Grant. Er wollte nur kurz die Aufmerksamkeit für sich haben.

„Ich könnte dir helfen, würdest du mir sagen, worum es geht." Grant musterte ihn. Da war es wieder; die honigsüße Stimme und der Welpenblick, die ihn in jeder Lage liebenswürdig machten. Sie hasste ihn, doch konnte sie nicht widerstehen.

„Das Präsidium will erfahren, weshalb der Drogenhandel, sagen wir, von Tag zu Tag gewalttätiger wird und öfter tödlich endet." Coon nickte, aber verzog das Gesicht.

„Aber davon habe ich doch vorhin", fing er an, doch sein klingelndes Telefon unterbrach ihn. „Wade, was ist? … Aha, es brennt. Das Anwesen? Das Büro? Brennt überhaupt etwas? … Warum ich frage? Du hast doch gesagt, es brennt! … Ah, die Lage ist brenzlig. Meine Güte, sag das gleich! Soll ich vorbeikommen? … Na gut, bin unterwegs." Er legte auf und wandte sich zu Grant. „Die Arbeit ruft. Erinnere dich an meine Worte, Melinda." Coon machte sich auf den Weg, und auch Grant und Monday verließen kurz nach ihm das WC.

Sie führte ihn zur besagten Bar, wo tatsächlich der Drogenbaron New Yorks stand und mit einem anderen Mann flirtete. Grant grinste Monday an nach dem Motto: Siehst du! „Einfach zuhören", flüsterte sie in sein Ohr.

„Der Barkeeper guckt in unsere Richtung, ich glaube, wir sollten unsere Taktik überdenken und doch etwas bestellen. Is' auffällig, wenn wir an der Bar sind und nichts bestellen", flüsterte er zurück. „Zweimal Bourbon?" Grant nickte. Monday gab dem Barkeeper Bescheid. Er bezahlte und reichte danach Grant eines der Gläser.

Den Baron abzuhören, war nicht sehr hilfreich. Es sei denn, man wollte wissen, wie man Männer klärte. Er war nicht schlecht, wusste, was er tat. Nach einiger Zeit kam Bewegung ins Spiel – buchstäblich. Der Baron führte den Herrn an der Hand zur Tanzfläche, und sie begannen zu tanzen. „Komm", sagte Grant und zerrte Monday mit. Er stoppte abrupt, als er erkannte, was sie vorhatte. „Woah, Moment! Ich kann nicht tanzen. Mit Ach und Krach vielleicht noch 'nen Standardwaltzer."

„Mach's den anderen einfach nach. Bring die Hüften zum Einsatz." Verdammt. Sie schob ihn regelrecht auf die Tanzfläche dicht neben den Baron. Unweigerlich stieg die Anspannung in ihm und er fasste Grant an, als sei sie aus Porzellan. Sie schlang ihre Arme um seinen Hals und meinte: „Nick, ich weiß, du bist ein Gentleman, aber jetzt solltest du etwas gröber sein, wie letzte Woche auf deiner Küchenzeile." Er verstand und setzte es um.

„Verzeihung", sagte er, „ich war nicht ganz bei der Sache."

„Abgelenkt, oder was?"

„Nicht ganz. Ich … fand es nur lausig, dass Mr. Coon unseren Partnerlook teilte. Alles schwarz, bis auf die bordeauxrote Weste. Als hätten wir drei uns abgesprochen." Grant lachte, sie hatte es geschluckt. Er hatte nicht gelogen, aber auch nicht die komplette Wahrheit gesagt. Monday schaute sich um, ein merkwürdiges Gefühl überkam ihn, ein Déjà-vu. Die Musik, die Lichter, die tanzenden Leute. Eine Erinnerung an seinen Abschlussball. Auch wenn er seit Jahren nicht mehr daran gedacht hatte, hatte er den Tag noch klar vor Augen.

Hibbelig wartete er im Hausflur von Jolanthes Familie. Ihre Mutter stand mit einer Kamera neben ihm, bereit Fotos von dem Paar zu schießen. Zu Mondays Bedauern war „Paar" nicht im traditionellen Sinne gemeint. Sie waren nach wie vor nur Freunde, dennoch hatten sie sich entschieden, gemeinsam zum Ball zu gehen. Warum sich extra die Mühen machen und irgendwen suchen und fragen? Sein Anzug war nicht der teuerste gewesen, saß auch nicht passgenau, chic sah er aber aus – insbesondere mit dieser niedlichen dunkelblauen Fliege. Dafür hatte er viel Wert auf Jolanthes Ansteckblume gelegt. Er hatte nie verstanden, was es damit auf sich hatte, die Leute sagten immer nur: Tradition! Also hielt er sich daran. Jolanthes Mutter stieß ihm mit dem Ellenbogen in die Rippen, er jaulte auf. Seit wann tat sie ihm weh? Sie räusperte sich und deutete ihm mit einem Kopfnicken, nach vorn zu schauen. Da stand Jolanthe in einem hübschen Kleid, sie hatte sogar ihre biestigen Dreadlocks zu einer Hochsteckfrisur bändigen können. Sobald sie neben ihm stand, begann ihre Mutter, wie verrückt Fotos zu machen.

„Mom", maulte Jolanthe, „es ist nur ein Ball!"

„Dein Abschlussball, Mäuseschwanz."

„Ich erinnere dich an die vierte Klasse, Mutter! Komm jetzt, Nick."

Wütend stapfte sie aus dem Haus zu seinem Wagen. Er schaute entschuldigend zu ihrer Mutter und murmelte: „Hormone."

Danach eilte er nach draußen und setzte sich zu ihr ins Auto. Jolanthe blinzelte ihn skeptisch an. Er zuckte die Schultern und grinste verlegen: „Eltern", schnell startete er den Motor und fuhr los.

„Ich geh' davon aus, du willst keine Bilder machen lassen?" Es war mehr eine Feststellung als eine Frage. Jolanthe nickte. „Schön, dann können wir gleich zum guten Part überspringen", meinte er und zeigte zur Bar.

„Du weißt, dass das Traubensaft und kein Alk ist", konterte sie schnippisch.

„Nicht, wenn man ihn auf meine Weise trinkt." Er griff in die Innentasche seines Jacketts und holte seinen Flachmann heraus. Ein dreckiges Grinsen umspielte seine Lippen. Er zwinkerte, was Jolanthe zum Kichern brachte. Heimlich kippte er den Alkohol in zwei Plastikbecher und überreichte ihr einen. „Whiskey mit ohne Kinderpunsch", lachte er. „Cheers!" Sie stießen an und tranken auf Ex. Der Flachmann würde kaum für eine Stunde reichen. Es wurde jedoch gesagt, dass Bryan, jemand aus dem Baseballteam, das Jungsklo im zweiten Stock mit Hochprozentigem vollgepackt hatte. Auch wurde gemunkelt, dass Monday angeblich gute Chancen auf den Titel des Ballkönigs hatte. Beides waren nur Annahmen, die sich erst mit der Zeit bestenfalls als richtig erweisen würden. Mit dem Becher in der Hand zogen sie durch die Mengen, betranken sich

weiter. Sie feierten sich selbst in den höchsten Tönen, die Lehrer
machten mit. Und wären es nicht erst die späten Neunziger gewe-
sen, hätten sie jetzt alle gemeinsam gegrölt: „I DON'T WANNA
GO TO SCHOOL, I JUST WANNA BREAK THE RULES!"

Monday schwankte deutlich betrunken zu Jolanthe und lächelte
verschmitzt. Er verbeugte sich vor ihr, als käme sie aus einem Kö-
nigshaus. „Durfte isch um diesen Tanz bidden, M-m-madame?"
Seine Augen nur noch Schlitze. Es schien schwer, sie offen zu hal-
ten, wenn der Schädel dröhnte. Jolanthe machte spielerisch einen
Knicks und ließ sich auf die Tanzfläche führen. Sie tanzten, was das
Zeug hielt, Lied für Lied. Es waren hauptsächlich poppige Lieder
mit viel Bass und eingängigen Rhythmen. Flashmobartig tanzten
sie jedoch sogar den Charleston. Das Lied wechselte zu einem lang-
samen, und Jolanthe schob ihn von der Tanzfläche in eine ruhige
Ecke, wo es nur die zwei waren. Sein Herz begann schneller zu
schlagen. Gott, er hoffte so sehr, sie würde ihn doch küssen. Viel-
leicht sogar mehr, die Nacht war noch jung. Wenn er Glück hatte,
hatten sich ihre Gefühle ihm gegenüber geändert. Und wenn es nur
für heute war und nur zum Spaß. Sie musste ihn doch in irgendei-
ner Weise als attraktiv erkennen. Oder? Er beäugte sie von oben
herab. Sie hatte die hohen Schuhe ausgezogen und ihre

Hochsteckfrisur gelöst. Lose fielen die Dreadlocks über ihre Schultern, ihre Wangen glühten vor lauter tänzerischer Ertüchtigung.

„ZEHN!", schrie die feiernde Meute neben ihnen. Der Countdown für die Wahl des Ballkönigs und der Ballkönigin hatte begonnen. Sozusagen der Anfang vom Ende. „NEUN!" Nicht die Wahl war der Höhepunkt des Abends, sondern alles, was danach kam.

„ACHT!" Die Stimmung war großartig. Das Jubeln der Feiernden füllte die zweckentfremdete Sporthalle. „SIEBEN!" Er fragte sich jetzt schon, wie es wohl sein würde, demnächst morgens aufzuwachen und zu wissen, dass er nicht mehr hierher musste. „SECHS!" Insgeheim hoffte er ja, dass er Ballkönig werden würde. Natürlich zusammen mit Jolanthe. In den letzten Wochen und Monaten hatte er sein Image noch einmal nach oben gepusht und sich ziemlich beliebt gemacht. „FÜNF!" Er wollte sie küssen, nur ein einziges Mal, bevor die Feierwütigen wieder zuschlagen würden. Aber seine Angst vor Zurückweisung hinderte ihn. „VIER!" Trotz seiner Trunkenheit war sein Selbstvertrauen plötzlich geschmälert.

„DREI!" Oh, sollte ihm Luzifer doch höchstpersönlich einen Besuch seiner Lüste wegen abstatten. Er glaubte zwar nicht an das christliche Konzept der sogenannten „Hölle", doch liebte er gerade diese biblischen Metaphern. „ZWEI!" Überzeugt, dass sie es auf einmal ebenso wollte, machte er einen Schritt auf sie zu und presste seinen Mund auf ihren. „EINS!" Erschrocken stieß sie ihn von sich und *lief davon. „Und die Gewinner unserer Herzen am heutigen Abend*

sind: NICK MONDAY und JOLANTHE LETHER!" Die vor ihm

flieht, fügte er in Gedanken hinzu und sah, wie sie aus der Halle

stürmte. Was für eine Abfuhr. Auf die Rufe nach ihm reagierte er

nicht, traurig starrte er auf die Tür.

Noch betrunkener als zuvor stolperte er durch die dunklen Flure

der Schule. Die Plastikkrone saß schief auf seinem Kopf, die Schärpe

hatte er Minuten zuvor abgerissen und in irgendeine Ecke gewor-

fen. In seinem Flachmann war kein einziger Tropfen mehr, sodass

er ihn jetzt gegen die Spinde klappern ließ. Sehr geräuschvoll. Die

fummelnden Paare, an denen er vorbeizog, funkelten ihn zornig an.

Doch das war ihm egal gewesen, immerhin war ER doch der König.

Er bog nach links und lief geradewegs in jemanden hinein. Der

Aufprall ließ beide zurücktaumeln.

„Aua!", beklagte eine weibliche Stimme. Monday schüttelte sich

und rieb seine Augen. Sah er richtig oder halluzinierte er?

„Judith, was machst du denn hier allein auf dem Gang?", krächzte

er. Die Alkoholfahne schlug auf den kurzen Rothaarschopf ein, an-

gewidert verzog sie das Gesicht.

„Offensichtlich hat meine Begleitung mich sitzen gelassen." War er

auch noch high oder verstand er es ganz einfach nicht? Sie war

Fremdsprachenfanatikerin und Literaturliebhaberin, also ein

Bücherwurm durch und durch, aber sie hatte verdammt viel Sexappeal. Warum ließ man sie an so einem Abend sitzen? „Ist da noch was drin?", fragte sie und guckte auf den Flachmann in seiner Hand.

„Nein, aber den Gang runter auf dem Jungsklo soll noch was von Bryans Zeug sein." Er bot ihr seinen Arm, und sie hakte sich bei ihm unter. Sie verbrachten den kurzen Lauf schweigsam. Es war angenehm. Diese unbefangene Zweisamkeit. So leer, wie sein Flachmann, waren jedoch auch die Vorräte auf der Toilette.

„Hm." – „Schade."

„Und was jetzt?"

„Ich wüsste da was." Sie krallte sich in seinen Hemdkragen und zog ihn in eine kleine Nische neben dem hintersten Klo. Begierig küsste sie ihn. Natürlich war er anfangs perplex gewesen, gab aber schnell bei. Er hob sie hoch und drückte sie gegen die kalten Fliesen. „Komm schon, Nick", hauchte sie. Er verstand und legte sie auf den ebenfalls gefliesten Boden. Automatisch wanderten seine Hände unter ihr Kleid, langsam zog er ihr den Slip aus und steckte ihn in die Brusttasche, sodass er gut zu sehen war. Sie spreizte ihre Beine für ihn, damit er sich zwischen ihnen positionieren konnte. Es brauchte nicht lang, um seinen Freund aus der störenden Hose zu befreien. Er pumpte ihn ein paar Mal, während sie ungeduldig unter ihm stöhnte. Ein dunkles Lachen rasselte in seiner Brust und er drang

in sie ein. Sie biss auf ihre Unterlippe, als er begann in sie zu sto-
ßen. „Niemand wird hierherkommen. Niemand wird dich hören",
zwinkerte er. Sie stöhnte so laut es ging. Das schien ihn weiter an-
zutreiben und er wurde schneller. „Willst du's? Sag mir, dass du's
willst. Sag's mir", wisperte er und stieß härter in sie.
„Ich will's", antwortete Judith. „Bitte."
„Was willst du genau?" Er wusste selbst nicht, wo dieses Sexge-
flüster herkam, aber es machte unheimlich Spaß. „Du willst, dass
ich komme, nicht?"
„Oh, ja! Ja! Komm für mich! Gib's mir!", stöhnte sie noch lauter.
Das war es gewesen für ihn. Ein letzter Stoß und er füllte sie mit
seinem Samen.

Ihm wurde ganz warm bei dem Gedanken daran. Er
musste gestehen, der Toilettensex mit Judith war besser gewesen als ein Kuss mit Jolanthe. Was aber aus den beiden Damen geworden war, wusste er nicht. Er hatte keinen Kontakt
zu alten Klassenkameraden. Noch weniger wusste er von
dem Kind, welches er an jenem vermeintlichen Abend ge-
zeugt hatte. Niemand hatte sich deswegen bei ihm gemeldet.
Dafür wusste er, wo sich die Plastikkrone befand – in seinem
Schlafzimmer auf dem Kleiderschrank.

KAPITEL FÜNF

Der Morgen verlief wie jeder andere. Er hatte kaum die Augen offen, schon plagte ihn eine lästige Migräne. Laut fluchend wälzte er sich auf dem Bett und wünschte, es würde endlich aufhören. „Adam", flüsterte eine kleine Stimme ganz dicht an seinem Ohr. Er wusste, es war Juliette und zwang seine Augen auf. Gekleidet in nichts weiter als ihrem schwarzen Kimono gesellte sie sich mit zwei Tassen Kaffee zu ihm aufs Bett. Coon setzte sich auf und schlürfte den Kaffee. „Wie spät ist es?"

„Spät genug", antwortete sie. „Mein Bruder rief vorhin an. Er hat sich mit Lynn zum Brunch eingeladen. In 'ner halben Stunde sind sie da." Er blinzelte sie völlig entgeistert an. Das konnte sie ihm nicht antun. Womit hatte er das verdient? Ja, er war oftmals der Arsch vom Dienst, aber Karma konnte beim besten Willen nicht derartig mies sein. Juliette nahm ihm die Tasse wieder ab und küsste seine Stirn. „Ich geh' mich schon mal umziehen und warte dann im Garten. Wehe, du schläfst weiter. Deine Tabletten liegen im Bad."

Als sie den Raum verlassen hatte, seufzte Coon laut und rieb seine müden und gereizten Augen. Juliette war süß und fürsorglich, das konnte er nicht leugnen. Das Schlimme aber war, sie liebte ihn, für sie hatte die Beziehung nichts mehr mit PR zu tun – es war ihr ernst mit ihm. Er schwang sich aus dem Bett und trottete in das Badezimmer. Vor dem Spiegel blieb er stehen, seine Reflexion schaute ihn angewidert an. Er liebte sie nicht. Er nutzte sie lediglich aus, damit die Umsätze weiter stiegen. Die moralischen Skrupel wurden immer größer, er fand sich selbst in einer Zwickmühle wieder. Er wollte sie nicht ohne Liebe heiraten, weder noch konnte er ihr das Herz brechen. Vielleicht war er doch kein allzu emotionsloser Bastard. Er ging zur Dusche und schob mit seiner rechten Hand die Tür auf. Mit seiner linken drehte er das kalte Wasser auf. Frisch geduscht ließ es sich doch immer viel besser in den Tag starten. Wasserverschwendung hin oder her er drehte sich erst einmal zum Waschbecken, um seine Zähne zu putzen. Nach zwei Minuten Schrubben spuckte er die Paste aus und spülte mit Mundwasser nach. Zahnpflege, dachte er, manchmal nervig, aber erfrischend. Er prüfte nochmal, ob alles sauber war, dann zog er sich aus und stellte sich unter das Wasser. Prasselnd fiel es auf ihn nieder. Er schloss die Augen und genoss die plötzliche Kühle auf seiner Haut. So verweilte er einige Zeit, bis er entschloss, endlich mit dem Waschen anzufangen. Er nahm sein Duschgel und seifte seinen Körper ein. Er duschte sich ab und widmete sich seinem Haar. Langsam massierte er das Pflegeshampoo in den Ansatz ein und arbeitete sich zum Nacken durch. Minuten später stoppte das Wasser, und er trat aus der Dusche. Er griff nach seinem Handtuch und trocknete sich ab. Danach wickelte er es um seine Hüften, frisch und trocken ging er in sein Ankleidezimmer. Er starrte aus dem Fenster direkt in das grelle Licht der Sonne. Es würde sehr warm werden, das stand fest. Ohne großartige Überlegungen entschied er sich für ein weißes Hemd, eine grau-schwarze Weste, eine olivfarbene Hose und irgendein Paar brauner Lederschuhe. Als er fertig war, schnappte er sich noch seine Sonnenbrille, bevor er sich auf in den Garten machte.

Auf halbem Wege zur Sitzlounge kam ihm Juliette entgegen. Sie legte ihre Hände auf seine Brust, um ihn am Weitergehen zu hindern. Naserümpfend nörgelte sie leise: „Du hast die Ärmel mal wieder falsch hochgekrempelt. Ich weiß, du willst es mittlerweile eher praktisch statt adrett, aber das ist doch das Mindeste, was du tun kannst."

Coon verdrehte die Augen, während sie alles richtete. „Was würde ich nur ohne dich tun?", konterte er sarkastisch. Sie stellte sich auf Zehenspitzen und küsste zärtlich seine Lippen. „Dann würdest du immer mit hässlichen Ärmeln 'rumrennen und deine Desserts wären auch nur halb so köstlich."

„Darum kümmern sich doch die Köche." Er grinste sie triumphierend an. Ihm war durchaus bewusst, dass sie eine andere Art Dessert meinte, aber warum sollte er sie nicht ein wenig ärgern, indem er sich dumm stellte?

„Blödmann", lachte sie, „dein Grinsen wird dir gleich aus dem Gesicht gewischt." Stutzig stand er da und wusste nicht ganz weiter. „Ja, du wunderst dich zurecht. Die zwei sind nicht allein gekommen. Wilkens und …", nachdenklich schnippte sie mit den Fingern, „Rogers, nein, Richard kleben schon den ganzen Morgen wie Kletten an ihnen." Coons Kopf sackte nach unten und er rieb sich die Schläfen. Bei allem, was hätte sein können, mussten ausgerechnet diese zwei Vögel aufkreuzen. Als wäre der Brunch an sich nicht schon nervig genug. Er atmete tief ein, um sich zu entspannen, dann setzte er die Sonnenbrille auf und spazierte mit dem heuchlerischsten Lächeln der Welt zu dem kleinen Grüppchen. Er breitete seine Arme aus, als würde er jemanden umarmen wollen und rief: „Ah, Lynn, es ist immer wieder schön, Sie zu sehen. Wie geht es dem Baby?"

„Wie oft denn noch, Adam, ich bin nicht schwanger."

„Tut tut tut … irgendwann wird einer dieser Herrschaften zu Ihrer beider Seiten", er nickte zu Wade und Wilkens, „Sie schwängern, und dann bin ich der Erste, der fragen wird." Erneut schaute er zu den Männern. Während Richard sichtlich die Show genoss, kochte Wilkens vor Wut, und Wade, der sah aus, als hätte er sich in die Hose gemacht. Normalerweise hätte er unter keinen Umständen gewollt, dass Wilkens zornig wurde, er hatte Wade nach wie vor in der Hand. Doch darauf wollte Coon hinaus. Diesen Mist endlich beenden. Selbst wenn Richard die Finger im Spiel hatte, die Firmen würden es verkraften und Wades Ruf wäre mit Sicherheit nicht gänzlich ruiniert. Er wollte provozieren. Und wenn sich jetzt die Chance bot, warum nicht nutzen? „Wilkens, kein Grund zur Sorge. Sie sind doch schon ein Stückchen älter, da kommt nichts mehr Gutes raus." Der Angesprochene wirkte wie ein Reh im Scheinwerferlicht. Es machte Spaß und er trieb es weiter. „Was sagt eigentlich *Ihre Frau* dazu?" Als hätte er es vergessen, tippte er sich an die Stirn. „Ach, stimmt. Sie hat Sie verlassen, weil sie glaubte, Sie hätten was mit Mr.

Richard hier. Also meinen Segen haben Sie. Sie zwei würden ein niedliches Paar abgeben. Ich meine, Sie verbringen so viel Zeit miteinander, warum dann nicht-" Juliette hielt mit ihrer Hand seinen Mund zu, ehe er den Satz beenden konnte. Sie hatte wohl Angst und wollte ihn vor weiteren Fehlern bewahren.

„Adam, warum setzt du dich nicht hier in den alleinstehenden Stuhl und steckst dir eins dieser Küchlein in den Mund, dann bist du erst mal mit Kauen beschäftigt." Sie drückte ihn an den Schultern nach unten in den Stuhl und schob ihm das Gebäck schroff in den Mund. Das war mal ein … interessanter Morgen. Und das war erst der Anfang.

Die ganze Situation, wie sie alle zusammensaßen, war mehr als seltsam. Unangenehm. Nie fanden sie die richtigen Konversationsthemen, die Interaktionen waren sehr dürftig. Coon traute sich nicht mal mehr, einen Witz zu machen. Wenn es eine höhere Macht gab, dann sollte diese ihn sofort erlösen – egal wie. „Mr. Coon, ich hab' eine Frage an Sie", sagte Richard mit einem stark ausgeprägten, deutschen Akzent. „Sie brennt mir schon ewig auf der Zunge, nur hatten wir bisher noch nicht das Vergnügen gehabt." Er schenkte ihm ein zahniges Lächeln. Kaum zu glauben, dass der Kerl erst achtundzwanzig war und so viel Geld besaß, ohne dass es ihm die Eltern in den Arsch gerammt hatten. Hellbraune Haare, leichter Bart, grau-blaue Augen, lässiges Outfit. Er sah aus wie ein Bubele, zog die Frauen aber an wie ein Scheißhaufen die Fliegen. „Wie viel Genugtuung, Adam, ich darf Sie doch Adam nennen, hat Ihnen die Ermordung von diesem Brick gebracht?" Wow, was für ein Stimmungskiller. Nicht, dass die Stimmung nicht eh schon im Keller war … In dem Moment klingelte sein Telefon. Erleichtert atmete er aus und entschuldigte sich kurz. Er schaute auf den Bildschirm, eine unbekannte Nummer. „Coon am Apparat. Wer spricht?"

„Schön, Sie endlich zu hören. Ich bin Wouter Vaude, der neue Leiter von – na ja, sozusagen der Nachfolger von Cole Spencer."

„Aha", murmelte Coon skeptisch.

„Klingen Sie doch nicht so unzufrieden, freuen Sie sich." Wie sollte man sich freuen, wenn FINK anrief? „Ich lad' Sie auf eine Party ein. Ich muss Sie unbedingt kennenlernen. Zudem habe ich Ihnen einen Deal zu unterbreiten."

„Einen Deal?"

„Alles mit seiner Zeit, Adam. Aber Sie wissen sicherlich von der Party, die der Baron schmeißt." Wohl oder übel, dachte er und tigerte vor der Terrassentür umher. „Kommen Sie heut

Abend dorthin." Damit war das Gespräch beendet. Klasse! Der Tag war endgültig gelaufen. Er zog sich in sein Arbeitszimmer zurück und machte sich am Gin zu schaffen. Ein Wunder, dass seine Leber noch funktionsfähig war. Er roch an dem Alkohol und hielt inne. Langsam stellte er das Glas auf den Tisch. Trinken würde er später, jetzt brauchte er zuallererst Rat.

Das rote Sofa war nicht das bequemste, erfüllte dennoch seinen Zweck. Nahezu regungslos lag Coon darauf, nur sein Brustkorb hob und senkte sich. „Adam, das letzte Mal, als wir uns gesehen haben, sprachen wir sehr ausführlich über Kate. Dass sie dir seit einer gewissen Zeit wieder sehr fehlt … in vielen Situationen. Was ist inzwischen passiert? Erzähl's mir?"

Coon schnaufte sarkastisch. „Einiges."

Die Therapeutin verschränkte die Arme und kräuselte ihre Lippen. „Okay, nachdem du mich vorhin angerufen hattest, hab' ich mir Gedanken gemacht. Ich hab' was vor mit dir, Adam. Es wird ausnahmsweise mal nicht um Kate gehen. Heute ist es mir wichtig, zu erfahren, was mit Captain Grant ist. Du hattest mit ihr eine Beziehung aufgebaut, obwohl du emotional noch gar nicht bereit warst. Du stecktest zu sehr in der Vergangenheit, tust es immer noch. Hinzu kommen die ganzen Affären vor und nach Grant – sogar während. Die stabilisieren da oben in deinem Hirn nichts, auch wenn du dich nach dem Sex besser oder so fühlst." Sein Atem wurde flacher, seine Brust zog sich zusammen. Irgendwie hatte er geahnt, dass das Treffen darauf hinauslaufen würde. Seine Lider flackerten zu, er versuchte, seine Nerven zu beruhigen.

„Grant. Melinda diente als Ablenkung. Als Abwechslung von all diesen unbedeutsamen „Spaß-Nächten". Vielleicht wollte ich ihr auch näherkommen, weil sie Kate in manchen Wegen ähnlich ist. Vielleicht wollte ich auch nur nochmal gegen FINK rebellieren, indem ich mich mit einer Gesetzeshüterin einließ. Ich muss gestehen, egal, was ich gesagt oder wie ich mich verhalten habe, damals war mir unsere Beziehung alles andere als ernst. Sieh mich an! Sie hatte mich mit der Pilatestrainerin erwischt, nachdem ich sie bereits dutzende Male in diesem Bett betrogen hatte. Ich lasse mich gerade hier von dir therapieren, vor einem Monat habe ich dich noch mit einem einfachen Kuss feucht gemacht. Morgen habe ich ein Interview mit einer Journalistin vom Forbes Magazine. Später muss ich auf eine Party, wo die Frauen wohl kaum Nonnenroben tragen werden. Verdammte Scheiße, ich bin verlobt, Fake hin oder her, und ich kann jetzt sicher eine Milliarde verwetten, dass alle Events irgendwie nackt enden werden. Ich weiß nicht, was mein Problem ist! Ich weiß nicht, was ich kompensieren will! Hilf mir doch, bitte!" Während er sprach, wurde er lauter und lauter. War vor Zorn sogar aufgesprungen. Verzweifelt suchte er ihren Blick.

„Ich denke, in vielen Punkten hast du schlichtweg Recht. Und ich denke ebenfalls, dass wir in diesem Augenblick *den* Durchbruch erzielt haben. Du kennst diese bescheuerte Weisheit: Selbsterkenntnis ist der erste Schritt zur Besserung. Ändere nicht dein Umfeld, arbeite an dir selbst. Du kannst den „Zwang", stets und ständig bedeutungslose Frauen vögeln zu müssen, unterbinden. Dessen bin ich mir gewiss."

Bislang war die Party recht gut gewesen. Die Leute waren locker drauf, keiner hetzte. Und die Drinks waren phänomenal. Er saß an der Bar, beobachtete einfach das Geschehen. Ein Mann setzte sich neben ihn. Kleingewachsen, kurzes helles Haar, T-Shirt, Dauergrinsen. Dem Mann wollte er nachts nicht auf der Straße begegnen. Der war ihm nicht geheuer. „Adam", prostete der Mann mit holländischem Akzent und nippte an einem Martini. Coon nickte verstehend. „Mr. Vaude." – „Ich hab' viel von Ihnen gehört."

„Kann ich nicht zurückgeben." – „Sie sind ja 'n Witzbold."
Coon verzog keine Miene und richtete seinen Blick auf den
Tresen. „Kein Mann der großen Worte, huh? Na gut, kommen wir gleich zum Geschäft. Der Baron und ich haben Sie
bezüglich eines Deals eingeladen. Sie haben viele Kontakte in
beide Richtungen, kennen sich in puncto Angebot und Nach-
frage aus und sind ein ziemlich gerissener Kerl, der kriegt,
was er will. Sie haben Einfluss auf Dinge, den hab' ich nicht.
Der Baron und ich planen, FINK an die Spitze des Drogenhandels zu bringen und wir glauben, Sie könnten uns dabei
behilflich sein. Natürlich würden Sie nicht leer ausgehen.
Ihnen würde ein Anteil von, sagen wir, zehn Prozent zu-
stehen. Ich hab' hier auch 'ne Kleinigkeit, um zu zeigen, dass
ich es ernst meine." Vaude steckte etwas kleines, silbernes an
Coons Revers. Er beäugte es skeptisch. Ein kleiner Vogel
zierte nun den teuren Stoff über seiner Brust. Offenbar war
das ursprüngliche Emblem, der Wolf, aus der Mode gekommen. Die Einstellung kam ihm seltsam bekannt vor. „Falls Sie
Bedenken oder Angst haben, FINK bietet Ihnen die nötige Sicherheit. Überlegen Sie's sich." Coon trank sein Glas in einem
Zug aus und verabschiedete sich schweigsam mit einem Nicken. Er zwängte sich an den Leuten vorbei und suchte nach
einem ruhigeren Plätzchen. Seine Augen erspähten eine

Sitzlounge, doch die schien bereits ein Pärchen zu beanspruchen. Die zwei kamen ihm vertraut vor, auch wenn er nur ihre Rücken sah. Er trat näher und so langsam erkannte er die Frau beziehungsweise ihre verräterischen, blonden Haare. Er schlich sich hinter sie und rief: „Hey!" Grant und ihre Begleitung zuckten erschrocken zusammen und drehten sich zu ihm. „Wolltest du gerade wirklich an dein Holster nach deiner Waffe greifen? Schon komisch, wenn man nichts Durchschlagkräftiges dabeihat, huh?" Ein Wortspiel, nicht schlecht. Giftig fragte Grant ihn, ob er eine mitführte. Er lachte in sich hinein und zeigte die Pistole, die gemütlich zwischen seinen Arschbacken lagerte. Okay, nein, da war sie nicht, aber sie klemmte zwischen Hosenbund und Hemd.

„Die werden doch abgenommen", regte sie sich auf.

„Nur den ungeladenen Gästen." Grant sprang auf, als er sich auf den Sofarücken setzte.

„Was zur Hölle?" Fragte sie ihn das wirklich? Die Frau hatte Nerven, dabei wollte er doch nur nett zur ihr sein. Gut, wenn sie Konter wollte, bekam sie Konter.

„Was zur Hölle sollte ich *dich* fragen. Bist du eigentlich wahnsinnig, die kennen dich doch!"

„Tun sie nicht, sonst stünde ich wohl kaum hier." Reines Glück. Viel mehr interessierten ihn nun aber die Gründe ihrer Anwesenheit.

„Warum seid ihr überhaupt hier? Lässt das PD die Eier baumeln beziehungsweise die Eierstöcke?" Musste der Spruch sein? Ja. Das wollte er schon immer einmal sagen. Sie stellte ihm eine Gegenfrage, er ignorierte sie und wandte sich an ihre Begleitung. Wie hieß er? Er hatte es vergessen. „Wie war Ihr Name noch gleich?"

„Nicholas." Coon hatte zwar mehr der Nachname interessiert, aber gut. Was sollte es? Dann eben nicht. Der Kerl hieß also … Oh, verdammt, hatte er den Namen tatsächlich nach ein paar Sekunden vergessen? N. Irgendwas mit N. „Nico?"

„Ni-cho-las." Wollte er seinen Namen tanzen oder wieso betonte er jede Silbe einzeln? Scheiße, nein. Grant schien die Ignoranz nicht länger auszuhalten, sie mischte sich wieder ein. Wie sehr der Groll über ihn in ihr toben musste. „Hast du doch was mit Drogen zu tun? Was ist mit deinen Auflagen? Du weißt, nichts Kriminelles."

„Ich habe keine Auflagen mehr, die wurden aufgehoben. Eine *Richterin* war so *nett*", kicherte er. Sollte er sagen, dass es sich bei der Richterin um Claudia Blaire handelte? Diejenige, die damals den Prozess eingeleitet hatte. Lieber nicht, sonst würde das „freundliche" Gespräch wahrscheinlich ausarten. Sie würde fragen, wie er das geschafft hatte. Er würde Sex und eine Stange Geld erwähnen. Et cetera pp.

„Urgh, du bist ein narzisstisches Schwein!" Ha, sie konnte Gedanken lesen.

„Schätzchen, das weiß ich doch. Schließlich hast du mir gütigerweise ein T-Shirt mit diesem Aufdruck zu meinem letzten Geburtstag zukommen lassen. Wolltest deinem Ex wohl nochmal einen richtigen Arschtritt verpassen."

„Du steckst zu sehr in der Vergangenheit, Adam." Wäre nicht das erste Mal heute, dass ihm das gesagt wurde.

„Ich stecke grundsätzlich immer in irgendetwas." Er ohrfeigte sich mental für den Spruch. Er sah, wie Grant die Augen verdrehte, doch ihr Blick wurde weicher. Oh, nein, sie wollte doch nicht etwa … „Versuch gar nicht erst, dich zu entschuldigen. Du hattest Recht, ich habe es verdient. Obwohl ich nach wie vor denke, dass das mit meinen Autos etwas zu weit ging. Ja, es war im Eifer des Gefechts, aber …"

Das mit den Autos war wirklich zu viel gewesen. Sie hatte jeden Lack zerkratzt, einige Reifen aufgeschlitzt, Seitenspiegel abgebrochen. Sie war zur Furie geworden. „Wie dem auch sei. Wollt ihr Molly probieren?" Er hielt ein Tütchen hoch. Es war ein Willkommensgeschenk für die geladenen Gäste gewesen, ehrlich gesagt, wollte er es schnell wieder loswerden. Die zwei hatten keins, also warum nicht?

„Du hast also doch was mit Drogen zu tun!" Erschrocken zeigte sie auf das Tütchen. Was ging jetzt? War er doch high oder verstand er es gerade einfach nicht. Sie waren auf einer Drogenparty, aber wollten keine Drogen? Er nahm sie nicht wegen der DEA-Affäre, aber die zwei? Sie arbeiteten zwar bei der Polizei, waren momentan doch aber außerhalb des Dienstes. Und was außerhalb des Dienstes geschah, blieb außerhalb des Dienstes. So seine Devise. Er hob die Hände in Verteidigung. „Lass es mich erklären, Melinda. Es gibt zwei Gründe, warum." Ursprünglich nur einen, den zweiten hatte er sich schnell ausgedacht. „Erstens haben mich der Baron und der neue Chef FINKs eingeladen und zweitens möchte ich herausfinden, wer mir die Drogen in der Firma deponiert hat. Es würde mich nicht wundern, wenn es FINK selbst war. Ich meine, gehört zu haben, dass Wouter Vaude, der neue Chef, den Drogenmarkt an sich reißen will und gern nach jedem Strohhalm greift, den er kriegen kann." Zu hundert Prozent war FINK für die Drogen in seiner Firma verantwortlich gewesen und er war der Strohhalm.

„Das erklärt aber nicht, weshalb Sie eingeladen wurden“, sagte dieser Nikolai oder wie er hieß. Eventuell musste er doch ein wenig mehr erzählen.

„Okay, ja. Vaude will einen Deal mit mir aushandeln, damit ich ihm helfe. Hat mir auch gleich einen neuen Pin geschenkt mit dem neuen Emblem – hier.“ Der kleine Vogel reflektierte im Licht. Er sah besser aus als der Wolf, das stand fest. Grant schaute ihn besorgt an. Mist. „Ich werde den Deal eh nicht annehmen. Ich meine, in Luxemburg habe ich dann Besseres zu tun. Glaub mir.“ Niklas entschuldigte sich kurz, und Grants Besorgnis wirkte größer.

„*Du* bist wahnsinnig“, flüsterte sie. Coon grunzte belustigt. Er hasste die Stimmungsschwankungen zwischen den beiden. Konnten sie sich nicht einfach hassen ODER mögen?

„Ich schätze, wir beide sind es.“ Grants Miene verhärtete sich. Sie machte sich wieder Gedanken, zu viele. „Melinda, hör auf, dir Sorgen zu machen. Vaude ist ein recht … geselliger Holländer. Der ist harmlos.“ Trotzdem gruselig. Die Schaltkreise in ihrem Hirn drehten weiter durch. „Und erneut sehe ich es nur rattern in deinem Kopf. Ich gehe dann mal. Viel Spaß noch bei was auch immer ihr hier macht“, zwinkerte er und ließ sie allein zurück.

Erst einmal frisch machen. Er ging in die Herrentoilette und drehte das Wasser auf. Er klatschte sich Wasser ins Gesicht und schaute gehetzt seinem Spiegelbild entgegen. Der Tag machte ihn fertig. Er sollte nur noch enden. Schritte ertönten hinter ihm. „Ah, Adam, da sind Sie ja", sagte der Holländer mit heiserer Stimme. Nicht jetzt.

„Sir", nickte Coon.

„Lassen Sie bitte das Sir. Wouter genügt. Haben Sie bereits über den Deal nachgedacht?" Wer von uns ist hier der Witzbold? Den hatte er ihm gerade mal vor circa dreißig Minuten angeboten, da sollte er sich schon entscheiden? Seine Entscheidung war zwar längst gefällt, dennoch war es eine recht kurze Überlegungszeit. Aber was sollte er machen? Er konnte nicht Nein sagen, es war immer noch FINK. Lügen. Würde Vaude ihn durchschauen? Er konnte es bloß auf gut Glück versuchen. „Ich weiß nicht. Ich habe Gründe, warum ich gegangen bin. Außerdem muss ich mich die Tage um den Umzug kümmern. Ich-ich habe selbst Firmen zu leiten und dann soll ich noch FINK verhelfen, Nummer eins im Drogenhandel zu werden. Das ist eine tragreichende Entscheidung." Herrje, war er nervös. Das war doch sonst nicht seine Art. Vaude klopfte ihm ermutigend auf die Schulter.

„Daher sollten Sie sich ganz schnell entscheiden. Adam, verstehen Sie doch … Wir, FINK, - vor allem ich persönlich -, wollen doch nur das Beste für Sie. Dass es Ihnen gut geht. Wie gesagt, entscheiden Sie sich. Schnell. Bis dahin noch eine angenehme Zeit." Vaude verließ die Herrentoilette mit einem Lächeln, als wäre er bereits Nummer eins. Coon stützte sich auf dem Waschbecken vor ihm und seufzte. Im Hintergrund hörte er die Spülung. Er schaute in den Spiegel und beobachtete Nino, wie er sich die Hände wusch.

„Das klang ziemlich bedrohlich", meinte dieser.

„Sarkasmus?" – „Nein, keineswegs." Bloß nicht.

„Hörte sich danach an." – „Ich hör' mich meistens so an."

„Machen Sie sich über mich lustig, Nico-boy, weil ich Angst. Gezeigt. Habe?" Er fühlte sich vorgeführt, bloßgestellt, wollte jedoch gleichgültig bleiben. Der Typ sagte etwas, Coon ignorierte es, die Toilette öffnete sich erneut. Grant hielt ihre Augen bedeckt und setzte einen Fuß vor den anderen.

„Ehrlich, Melinda, du hältst dir die Augen zu? Wenn, hast du doch schon unsere beider Mischgemüse gesehen."

„Mischgemüse?", fragte Noah. Als ob er das nicht verstand.

„Na ja, jeweils zwei Erbsen. Bei Ihnen kommt noch ein Möhrchen dazu. Und bei mir eine Gurke."

„Wohl eher ein Gewürzgürkchen."

„Seid ihr dann fertig mit euren Penis-Metaphern? Der Baron steht dort draußen an der Bar und ist offenbar sehr redselig." Was zum Teufel hatten die zwei vor? Und warum war der Baron persönlich da? Fragen über Fragen, die er sich nicht beantworten konnte. Es gefiel ihm nicht.

„Und? Willst du ihn *hier* festnehmen und ausfragen?"

„Was, nein!", rief er synchron mit Grant. „Tut mir leid, aber dermaßen lebensmüde bist du nicht, Melinda." Er hatte sie verteidigt, stand er nun besser da? Sie bedankte sich und sprach zu ihrer Begleitung: „Nein, Nick", er hieß Nick?, „wir werden ihn nur belauschen, eventuell rutscht ihm ja was raus." Konnte ihm endlich jemand sagen, was los war? Die Neugier fraß ihn auf. Er schob sich zwischen die beiden, um kurz die nötige Aufmerksamkeit zu bekommen. „Ich könnte dir helfen, würdest du mir sagen, worum es geht", bot er an und setzte zusätzlich seinen unschuldigsten Blick auf. Es funktionierte. Sie rang mit sich, sollte sie oder sollte sie nicht. „Das Präsidium will erfahren, weshalb der Drogenhandel, sagen wir, von Tag zu Tag gewalttätiger wird und öfter tödlich endet." Coon nickte, bevor er das Gesagte richtig realisierte. Moment mal. „Aber davon habe ich doch vorhin", sein klingelndes Telefon unterbrach ihn. Ganz schlechter Zeitpunkt. Sein Schwager in spe. „Wade, was ist?"

„Es brennt." – „Aha, es brennt. Das Anwesen?" Bitte nicht.

„Nein." – „Das Büro?" Gott bewahre.

„Nein." Huh? „Brennt überhaupt etwas?"

„Nein, warum fragst du?" – „Warum ich frage?" Inkompetenz hoch zehn. „Du hast doch gesagt, es brennt!"

„Na ja, die-die Lage ist brenzlig."

„Ah, die Lage ist brenzlig." Dieser IDIOT! „Meine Güte, sag das gleich! Soll ich vorbeikommen?"

„Wenn es dir möglich ist, mir wäre es lieb."

„Na gut, bin unterwegs." Er legte auf und wandte sich zu Grant. „Die Arbeit ruft." Jetzt, wo es spannend wird. „Erinnere dich an meine Worte, Melinda." Hoffentlich war sie schlau und hörte auf ihn. Im Halbsprint verließ er die Party und sprang in seinen Wagen. Mal sehen, was Wade wieder angestellt hatte.

„Lass mich das klarstellen", brüllte er. „Du rufst mich an, sagst, es brennt! Ich denke, du fackelst irgendetwas ab! Dann sagst du, dass lediglich die Lage brenzlig ist! Und ich mache mir Sorgen, dass du, wie auch immer, die Firmen insolvent gehen lassen hast! Aber in Wirklichkeit ist dein fucking Tablet das Problem, was dir in die Wanne geflogen ist?! WILLST DU MICH EIGENTLICH VERARSCHEN!" Wade fürchtete sich zu Tode. So wütend hatte er ihn erst einmal gesehen und schön war es nicht ausgegangen.

„Entschuldigung", flüsterte er zwei Oktaven höher als normal. Coon zeigte drohend mit dem Finger auf ihn.

„Halt dein Maul oder ich jage dir auf der Stelle die Kugel in den Kopf! Wie konnte das Tablet überhaupt im Wasser landen?" Wade setzte sich auf den Klodeckel und spielte an seinen Fingern. Die Antwort wäre sein endgültiges Todesurteil.

„Ich hab' mir 'nen Porno angeschaut." Coon griff nach dem Ersten, was ihm in die Finger gelangte, und warf es in Wades Richtung. Es knallte gegen die Wand und zerbrach.

„Boar! Wie groß meine Lust nach dem Morden gerade ist. Du hast mich von einer interessanten Sache weggeholt wegen so einer Lappalie. Wo ist Lynn?"

„Schau auf die Uhr. Bei Wilkens, wo sonst? Wahrscheinlich ist Richard auch da." Okay, er kannte Dreiecksbeziehungen, aber Vierecksbeziehungen waren ihm neu.

„Gib mir ihre Nummer."

„Was?"

„Die Nummer", wiederholte er. Wade reichte ihm sein Telefon. Coon wählte die Nummer und wartete.

„Ja", sagte Lynn am anderen Ende der Leitung.

„Ich bin es. Adam."

„Oh, w-warum rufen Sie von Mikes Telefon aus an?" Er fuhr sich durch die Haare und hielt das Telefon näher an seinen Mund.

„Ohne impertinent sein zu wollen, aber SCHWINGEN SIE IHREN ARSCH HIERHER UND BESORGEN SIE ES IHREM MANN. ICH HATTE BESSERES ZU TUN! NEIN, DA MUSS ICH DIESEN STUSS ERTRAGEN."

„Euh", Lynn war sprachlos, wusste nicht, was sie noch sagen sollte.

„Sie kommen nach Hause, verstanden? Richten Sie Wilkens und Richard liebe Grüße von mir aus. Mögen sie ihre Schwänze doch selber lutschen." Er beendete den Anruf und warf Wade das Telefon zu. Wortlos ging Coon aus dem Haus. Er wollte nur noch ins Bett.

Der Motor tuckerte ruhig, und Coon saß erschöpft am Steuer. Die Ampel war rot. Es konnte sich nur noch um Stunden handeln, bis sie wieder umschalten würde. Blöde Fußgänger. Drückte einer von ihnen, sprangen die Lichter sofort auf Rot. Wer hatte sich den Scheiß ausgedacht? Er stellte das Radio und die Klimaanlage ab. Eine Migräne war im Anflug, und die beiden Gerätschaften würden sie nur fördern. Es klopfte an seinem Fenster, Coon zuckte zusammen. Er schaute nach rechts zur Beifahrertür, dort stand zu seiner Überraschung Moreno. Sie öffnete die Autotür und fragte: „Ich darf doch?" Lächelnd nickte er. Ein déjà-vu-reicher Abend. „Danke. Ist schon etwas her, nicht? Die Szene kommt mir vertraut vor."

„Du wirst es mir nicht glauben, aber ich hatte denselben Gedanken." Die Ampel schaltete auf Grün und sie konnten endlich weiterfahren.

„Aber wird sie auch enden wie damals?" Wer wusste das schon. Juliette würde ihn nicht erwarten, sie war mit Freundinnen unterwegs. Moreno war attraktiv wie immer, jedoch war er müde.

„Adresse noch die gleiche?" Sie nickte. Ehe sie sich versahen, parkten sie. Sie stiegen die Treppen rauf, bis zu ihrem Apartment. Moreno führte ihn ins Schlafzimmer und schubste ihn auf das Bett.

„Mach's dir bequem, bin gleich zurück." Aus den Schuhen raus, streckte er sich auf der Matratze aus. Er rückte nach hinten an das Kopfteil und knöpfte Weste und Hemd auf. War es eine gute Idee? Mit Sicherheit nicht. Doch wer sollte ihn jetzt noch stoppen? Eventuell das lästige Piksen in seinem Rücken. Er zog die Waffe aus seiner Hose und oh, nicht gesichert. Das hätte schief gehen können. Schwuppdiwupp fehlt dir ein

Stück Arschbacke. Gesichert platzierte er sie auf dem Nachttisch neben dem Bett und verschränkte seine Arme hinterm Kopf. Seine Augen schloss er und döste ein wenig, bis Moreno zurückkommen würde.

KAPITEL SECHS

29. Juni, 2018.

Wie üblich von einer Migräne geplagt, wachte Coon auf.
Er startete den Tag, wie er den letzten endete. Gestern war
eine Nebelwolke in seinem Kopf. Nichts Neues. Seine Hand
tastete die Decke unter ihm ab. Das Bett war ihm zu fremd,
definitiv nicht sein eigenes. Auch nichts Neues. Er quälte sich
aus dem Bett und streckte sich. Als Nächstes stapfte er in das
Wohnzimmer, etwas benommen von den Schmerzen
plumpste er auf das Sofa.

„Guten Morgen", trällerte Moreno in einem Singsang und
brachte Coon einen Kaffee.

„Hallo", grummelte er. Sie setzte sich, winkelte ihre Beine an
und legte ihren Kopf auf ihre Knie so, dass sie ihn anguckte.

„Ich meinte zwar, mach's dir gemütlich, aber nicht, dass du
wegpennen sollst", lachte sie. „Ich befürchte, wir haben ein
leichtes Verständigungsproblem." Plötzlich lehnte sie sich zu

ihm und begann sein Hemd zu zuknöpfen. „Ich hatte dir wenigstens die Weste ausgezogen, damit das Rückenteil nicht knittert. Sie hängt am Kleiderschrank. Oh, und vergiss deine Waffe nicht. Sah echt niedlich aus – die große Waffe auf dem kleinen Tischlein." Coon schmunzelte und trank still seinen Kaffee. Er fragte sich, warum Moreno gestern so spät noch unterwegs war. Seine Begründung war die Arbeit. Na gut, Arbeit im entferntesten Sinne. Aber hatte sie bis dahin etwa im Präsidium festgehangen? Viel wichtiger, musste sie jetzt nicht langsam mal dorthin fahren und arbeiten? Es war Freitag bereits nach neun Uhr. „Musst du nicht los?", wollte er daher wissen. Vor lauter Kichern verschluckte sie sich an ihrem Kaffee und hustete. Sicherheitshalber nahm er ihr die Tasse ab und klopfte ihr leicht auf den Rücken.

„In dem Laden hab' ich das Sagen. Ich komm' und geh', wie ich will", krächzte Moreno. Nachdem sie sich beruhigt hatte, musterte sie Coon von oben bis unten und fuhr ihm durch die ungekämmten, allmählich grau werdenden Haare. „Du siehst schrecklich aus. Geht's dir gut?" Er sah tatsächlich miserabel aus, benutzte normalerweise Make-up. Etwas Abdeckcreme, um die Augenringe zu retuschieren.

„Nun ja, ich sage zwar immer, solang ich noch vögeln kann, solang geht es mir auch gut, aber diese ständige Migräne … Die treibt mich in den Wahnsinn."

„Warst du schon beim Arzt?" Coon nickte. Einmal war er dort vor circa zwei Jahren gewesen. Der Doktor meinte jedoch, die Migräne sei nur eine Nebenwirkung des EKTs. Mittlerweile bezweifelte er die Aussage stark. Bis heute wusste er nicht, was die Schocktherapie neben der Wiederkehr seines Gedächtnisses ausgelöst hatte. Ja, er hatte am Anfang der Woche gesagt, dass er vielleicht nochmal einen Arzt konsultieren würde, aber Lust hatte er darauf nicht. Am Ende würde es erneut heißen, es seien Nebenwirkungen, weil die Ärzte wohlmöglich nichts anderes kannten! Ansonsten ging es ihm prächtig. Er war topfit. Sowohl geistig als auch körperlich. „Wieso kommst du später nicht nochmal vorbei und wir machen da weiter, wo es gestern so abrupt geendet ist."

„Sieht schlecht aus. Heute ist mein letzter aktiver Tag. Ich muss den Executives alles erklären, mich mit den Leuten in Luxemburg nochmal absprechen. Bevor ich morgen und übermorgen komplett mit dem Umzug beschäftigt bin." Schulterzuckend meinte Moreno, dass es schade sei. Coon unterdessen wägte ab. Sollte er sie fragen, warum ausgerechnet Grant auf der Party ermitteln musste? Schnell verwarf er den Gedanken, das Ansprechen der Party würde für ihn nur wieder unangenehme Fragen bedeuten, die er nicht beantworten wollte. Warum er dort gewesen war? Wieso er eingeladen wurde? Weshalb er Grant wieder „tyrannisiert" hatte? Aus welchem Grund er sie damals betrogen hatte? Bei Grant fiel es ihm leichter diese Fragen zu beantworten. Er vertraute ihr nach wie vor, musste nichts allzu Schlimmes befürchten – warum auch immer. Aber Moreno! Ihr Temperament war tausendmal hitziger als Grants. Bei ihr durfte er damit rechnen, dass sie ihm die Eier abreißen würde und ihn dazu zwingen würde, sie sich an den Rückspiegel seines Autos zu hängen. Er schluckte schwer bei der Vorstellung. Denk nach! Ein anderes Thema, Coon! schnauzte er sich an. Je mehr er überlegte, desto größer wurden seine Zweifel, dass es überhaupt ein Thema gab, was nicht zu Grant leiten konnte. Über das Wetter zu reden war auch keine Option. Niemals. Wer anfing, über das Wetter zu reden, hatte es königlich vermasselt. Er blies die Luft aus und nahm eine bequemere Position ein.

„Verrat' mir, was so besonders an Luxemburg ist." Ah, es gab doch ein Thema.

„Die Sache ist die … Wir, ich und meine rechten Hände und Berater, sind uns einig, dass es Zeit wird, mit der Marke Coon nach Europa zu expandieren. Irgendwann vielleicht auch nach Asien, aber eins nach dem anderen. Wir überlegten, wo wir den ersten Standort setzen könnten, da fiel unsere Wahl auf Luxemburg. Wirtschaftlich gesehen ist es eins der besten und stabilsten Länder Europas. Günstig nicht zu vergessen."

„Nachvollziehbar. Aber warum du", fragte sie und fuhr mit ihrem Finger über seine Brust, „und nicht der Heini, der auf Fotos immer neben dir steht." Herzlich lachte Coon und entspannte vollkommen unter ihrer Berührung, die Migräne hatte nachgelassen.

„Warum? Wade würde keinen Tag überleben. Zudem meint einer meiner Berater, der strenge Upper East Side Jude, dass er kein großer Publikumsliebling in Europa sei. Auf mich hingegen springen die Leute an. Ich bin fähiger, kompetenter und mit Sprachen gewandter. Während Wade nur Erfahrungen mit Amerikanern hat, bin ich schon etwas mehr herumgekommen." Größtenteils durch FINK.

„Zu gern würde ich sagen, dass du ganz schön selbstverliebt bist, leider stimmt's, was du sagst." Sie setzte sich rittlings auf seinen Schoß und küsste ihn. Sie wollte doch nicht etwa jetzt … Er spürte einen leichten Schmerz und merkte, wie ihre Zähne in seine Unterlippe bissen. „Wenn du's dir anders überlegst, weißt du, wo ich wohne. Bis später." Ein

Wimpernzucken danach war sie auch schon zur Tür heraus. Perplex saß Coon da und blinzelte ihr nach. Die Frau machte ihn fertig – seit Anbeginn ihrer Bekanntschaft. Er rappelte sich auf und wusch freundlicherweise die Kaffeetassen ab. Danach ging er ins Schlafzimmer, um seine Sachen zu holen. Sein Plan für heute stand. Nach Hause. Umziehen. Ab ins Büro.

„Adam, wo warst du, verflucht nochmal? Ich kam gestern zurück und du warst nicht hier. Ich hab' die ganze Nacht auf dich gewartet. Ich hatte Sorge um dich!" Er stöhnte auf und lief kommentarlos an ihr vorbei. „Adam!" Nein! Er taumelte zur Seite und musste sich an der Wand stützen. Ihm war kurz schwarz vor Augen geworden. Der nächste Migräneschub kündigte sich an. Juliette kam neben ihn und legte eine Hand auf seine Stirn, als hätte er Fieber. Er schlug die Hand weg, stürmte in sein Ankleidezimmer.

„Adam, stopp! Hör mir zu, so kann es nicht mehr weitergehen mit dir." Aufgebracht drückte Coon seinen Zeigefinger in ihren Brustkorb. „*Du* hörst *mir* zu!", brüllte er. Die Dienstboten, die im Gang stehen geblieben waren, rannten schnell weiter. „Dir kann es egal sein, wo ich war! Mir geht es fabelhaft, es ist nur etwas stressig! Falls du es nicht gemerkt hast, ziehen wir um, aber weil du keinen Finger krümmst, darf ich mich um den Dreck allein kümmern! Also, bitte, unterlasse es, mir zu sagen, was mit wem nicht mehr weitergehen kann!" In seinem Tobanfall hatte er unbewusst ihre Kehle umgriffen und drückte sie zu. Juliette bekam kaum noch Luft. Hilflos suchte sie seinen Blick, versuchte verzweifelt mit ihren Händen seine zu lösen. Als sie keinen anderen Ausweg mehr sah, holte sie aus und zerkratzte sein Gesicht. Schlagartig ließ er von ihr ab und tastete die blutenden Stellen ab. Vier Linien zeichneten seine linke Gesichtshälfte neu. Es wäre nicht das erste Mal, dass Narben sein Gesicht zierten, immerhin war da noch die Erinnerung an das vermeintliche Attentat neben seinem Auge. Er schubste sie nach hinten in den Flur und schmiss die Tür zu. Seine Reflexion im Spiegel brachte ihn zum Schaudern. Was hatte er angerichtet? Gewalttätig gegenüber einer Frau. Einer Frau, die ihn liebte. Das Blut floss Wange und Hals herab und rann in den Stoff seines Hemdes. Sie würde ihm nie verzeihen. Wieso musste er alles Gute in seinem Leben ruinieren? Er entledigte sich seiner Weste und riss sich das Hemd vom Körper, wischte damit das Blut aus seinem Gesicht. Vielleicht war ihm Glück einfach nicht vergönnt. So war es in seiner Kindheit gewesen. In der Jugend. Im frühen Erwachsentum. Jetzt und sicherlich auch später. Er zog sich ein neues Hemd über und betrachtete nochmals sein Spiegelbild. Es hatte gestoppt zu bluten. Tränen bahnten sich ihren Weg und rollten die Wangen hinunter, brannten in den offenen Wunden. Sein Atem zitterte, und laute Schluchzer entkamen ihm. „Das ist doch alles Bullshit!", schrie er und weinte immer mehr. Die angestauten Emotionen brachen aus ihm heraus. Wieso konnte er nicht längst bei seiner Familie liegen? Sich um nichts mehr kümmern müssen, nur tot sein. Bei Juliette hatte er verkackt, also würde es eh niemanden interessieren. Der Dreck mit FINK würde endlich ein Ende finden. Er nahm lange Atemzüge, wollte zur Besinnung kommen. Suizid war keine Lösung mehr, der Zug war damals abgefahren. Zögerlich drehte er den Türknauf. Wie sagte man: Bauch rein, Brust raus, Schultern gerade, Haltung annehmen und ab nach draußen. Schwungvoll öffnete er die Tür, und Juliette stolperte ihm entgegen. Sie hatte ihn belauscht. Blau-rote Flecken bildeten sich auf ihrem Hals. Auf dem Boden kniend guckte sie ihn verängstigt an. Er wollte ihr aufhelfen, reichte ihr seine Hand, doch sie zuckte zusammen und kroch zurück, bis ihre Füße gegen die Flurwand stießen. Coon seufzte und ging. Die Arbeit rief, und wenn sie nicht wollte …

Noch schlechter gelaunt als die Tage zuvor stieg er die Treppen seines Towers empor, hoch zu seinem Büro. Überhaupt fragte er sich, wie lange es dauern würde, bis sein morgentlicher Wutausbruch die Runde machen würde. Er schloss die Tür, ging hinter seinen Schreibtisch und begann, die Schubläden zu leeren. Wenigstens sein privates Zeug wollte er mitnehmen. Nachdem er alles aussortiert hatte, orderte er seine Sekretärin Miranda an, ihm einen Karton für die Sachen zu holen. Vorsichtig schritt sie auf ihn zu mit dem gewünschten Karton in der Hand. Grummelnd riss er ihn ihr weg und warf ihn auf den Schreibtisch. Wieder hatte er sie verängstigt, als wolle er sie gleich auffressen. Meine Güte, die wird Freudensprünge machen, wenn ich weg bin, und Wade endlich den Laden übernimmt, dachte er. Mit einer Handbewegung scheuchte er sie nach draußen. Er verstaute alles im Karton und stellte ihn anschließend neben sich auf den Boden. Danach schenkte er sich ein Glas Brandy ein und nahm erneut die Treppen, um eine Etage tiefer bei den Konferenzräumen zu landen. Nolan, seine rechte Hand, winkte ihn in den größten und wohl schicksten.

„Guten Morgen, Sir." Wortlos drückte Coon ihm das leere Glas in die Hand und ließ sich in seinen Chefsessel am Kopf des großen Konferenztisches fallen. Nolan füllte indes das

Glas nach und brachte es ihm. „Ich schalte Ihnen Defcoe sofort zu. Danach werde ich die restlichen Sachen aus Ihrem Büro räumen, wenn Sie möchten." Coon drehte sich im Sessel von ihm weg und starrte den noch schwarzen Großbildschirm an der Wand an.

„Mach, was du nicht lassen kannst, aber nerv mich nicht. Oder soll ich den Deal mit den Autos zurückziehen?" Hastig schüttelte der Jüngere den Kopf. Er schaltete den Bildschirm ein, wählte Defcoes Büro an und machte sich aus dem Staub. Der Junge war gut, hatte Talent, wusste, was er machte, aber konnte aufdringlich sein …

„Meine Güte." Er trank das Glas in einem Zug aus. „Mr. Coon, Sie sehen fürchterlich aus. Schon vormittags Alkohol?" Coon rollte die Augen. „Wollen Sie die heilige Maria spielen oder mir sagen, wie es in Luxemburg aussieht?"

„Sie sind ein Drecksack." – „Und Sie eine Pussy."

„Wo ist der eloquente Unternehmer hin?" – „Macht gerade Urlaub."

„Touché." – „Ansichtssache." Er stand auf und ging zum Spirituosenschrank hinter sich. „Ich würde Ihnen ja auch etwas anbieten, Sie scheinen mir nur nicht der große Trinker zu sein. Cheers." Defcoe nickte ihm zu.

„Sie müssen unbedingt Ihre alte Attitude anlegen. Mit dieser Haltung werden Sie sich trotz Ihrer Sprachkenntnisse weitestgehend keine Freunde machen."

„Jetzt tun Sie nicht so. Sie sind selbst bloß Däne und noch nicht lang dort ansässig. Aber ja, natürlich werde ich wieder ich selbst sein. Es ist nur der ganze Stress hier. Der laugt einen aus."

„Wenn Sie das sagen, bin ich beruhigt. Wie geht es eigentlich Ihrer Verlobten?" Coon schaute ihn mit blankem Gesichtsausdruck an, nach einigen Augenblicken sagte er dann: „Prächtig. Ihr geht es … prächtig. Fabelhaft."

„Schön, zu hören. Kommen wir zum Geschäft. Wie gesagt, den Tower haben wir bekommen, komplett eingerichtet, wie Sie es wünschten. Auch der Konzernname und das Logo, der Waschbär, sind auf dem Dach befestigt und leuchten wundervoll in der Nacht – meiner Meinung nach. Was Ihre privaten Gemächer betrifft, das Herrenhaus gehört Ihnen, die Einrichtung ist fertig laut Innendesigner. Ihre Autos, die Sie mitnehmen wollen, werden morgen verschifft und voraussichtlich übernächsten Montag in Ihrer Garage stehen. Hab' ich noch was vergessen? Ach ja, Kleidung et cetera wird ebenfalls morgen per Frachtflugzeug hierhergebracht. Das heißt, wenn Sie morgen Abend in den Jet steigen und Sonntagfrüh landen, ist alles bezugsfertig. Kein Stress, keine Bauarbeiten. Ruhe und ein angenehmer Start in Luxemburg." Immerhin eine gute Nachricht an diesem Tag.

„Du siehst aus, als hättest du einen Geist gesehen", sagte Nolan.

„Ditto", antwortete Miranda, die Sekretärin.

„Coon?" – „Coon."

„Ich mach' mir echt Sorgen um ihn."

„Nolan, er ist einfach nur ein arroganter Bastard geworden! Ihm ist wohl das Geld zu Kopf gestiegen."

„Woah, Miranda, ganz ruhig. Solche Töne kenn' ich gar nicht von dir … Aber seien wir ehrlich, es ist nicht das Geld. Es muss mit dem Angriff damals zu tun haben. Seitdem ist er so."

„Vielleicht hast du Recht. Ich weiß auch nicht, was in mich gefahren ist, aber er macht mir nur noch Angst. Ich hoffe, Wade entwickelt sich nicht so." Nolan rieb sich nachdenklich das Kinn. Irgendetwas mussten sie doch unternehmen. Er würde morgen wegziehen, ihnen blieb nicht viel Zeit. Sie wollten helfen, doch dafür mussten sie erst einmal wissen, was eigentlich mit ihm los war. „Du hast doch Kontakt zu

Miss Wade", meinte Nolan. Sie musste doch wissen, was sein Problem war. „Statte ihr einen Besuch ab."

Juliette stand weinend im Badezimmer, vor Stunden hatte sie sich dort eingeschlossen. Das Würgemal an ihrem Hals hatte sie versucht zu überschminken, ohne Erfolg. Es war zu stark. Noch nie hatte er sie angeschrien. Noch nie hatte er seine Hand gegen sie erhoben. Es ging ihm nicht gut, das stand fest, jedoch hätte es so weit nicht kommen dürfen. Die Hochzeit stünde bald an und nun das! Sie wusste, Coon hatte gemischte Gefühle ihr gegenüber, aber für sie war es längst nicht mehr nur noch PR. Sie guckte auf den Badewannenrand, wo ein Teststreifen lag. Ihr Weinen wurde heftiger, und sie sank zu Boden. Als er sie gewürgt hatte, hatte sie solche Angst gehabt. Sie wollte ihm morgens die frohe Botschaft verkünden, aber er war nicht dagewesen. Sie hatte keine Ahnung gehabt, wo er war. Dann kam er nach Hause und für einen Moment fiel er aus seiner „Rolle", wurde schwach. Er hatte endlich seine wahren Emotionen gezeigt, nur leider auch an ihnen ausgelassen. Vielleicht würde sich sein Zustand in Luxemburg bessern. Denn jetzt war sicherlich nicht der Zeitpunkt, um ihm von ihrer Schwangerschaft zu berichten. Aber was, wenn sich nichts ändern würde? Den Bauch konnte sie wohl kaum verstecken. An Abtreibung wollte sie erst gar nicht denken. Sollte sie es ihrem Bruder sagen? Schlechte Idee, er würde sofort zu Coon rennen. Was ging nur in Coon vor? Persönlich kannte sie ihn zwar erst ein gutes Jahr, aber sie hatte davor bereits genug von ihm gehört, um sagen zu können: Das ist nicht mehr Adam. Es klopfte an der Tür und jemand fragte: „Ms. Wade, sind Sie da drin?" Bestimmt eine der Haushälterinnen. Schniefend wischte sie die Tränen aus dem Gesicht und öffnete die Tür. „Miranda, was machen Sie hier?", wollte Juliette lächelnd wissen.

„Ich wollte mit Ihnen eigentlich über Mr. Coon sprechen … Aber, Schätzchen, was ist denn mit Ihnen passiert?" Miranda zog sie in eine Umarmung und strich ihr beruhigend über den Rücken. „Sie haben geweint. Warum? Kommen Sie, wir setzen uns ins Wohnzimmer und reden dort." Miranda stützte die aufgelöste Seele und setzte sie auf das Sofa. Sie schickte Personal los, um Tee zu holen. Ein Heißgetränk würde seine Wunder tun und Juliette hoffentlich beruhigen.

Mit zittrigen Händen nippte sie an ihrem Tee, sie spürte Mirandas Blick. Sie musste sich zusammenreißen. Was geschehen war, war eine Sache zwischen ihr und Coon. Schlimm genug, dass die Dienstboten mitgehört hatten. Juliette guckte in ihren Tee, dachte an das Ungeborene. „Oh

Gott", flüsterte sie und brach in Tränen aus. Sie stellte die Tasse ab und stand auf. Das war das erste Mal, dass sie einen emotionalen Zusammenbruch hatte. Miranda war verwundert, in erster Linie aber besorgt. Erst ist Mr. Coon am Ende und jetzt auch noch Ms. Wade, dachte sie. Irgendetwas lief in diesem Haushalt gewaltig schief. Juliette wischte sich die Tränen aus dem Gesicht und schob die lästigen Haare hinters Ohr. Sie hörte Miranda japsen und biss sich auf die Lippe. „Es ist nichts", meinte Juliette sofort.

„Ich werde Ihnen auf diese Weise nicht helfen können."
„Warum nicht?", fragte Miranda empört. „Sie sind seine Therapeutin, Sie müssen doch etwas über seinen Zustand wissen!"
„Sie sagen es doch bereits selbst. Er ist mein Patient. Ich darf keine Informationen eines Patienten an Dritte weitergeben."
„Er hat sie, verdammt nochmal, gewürgt. Sie hätte ersticken können. Wenn man's genau nimmt, könnte man die Tat als gefährliche Körperverletzung werten!" Der Therapeutin blieb der Mund offenstehen. Hatte sie richtig gehört? Sie nahm auf ihrem berühmt-berüchtigten roten Sofa Platz. „Ich ... werd' mich darum kümmern. Kümmern Sie sich um Ms. Wade."
Miranda legte auf. Coons Therapeutin hielt das Telefon noch

immer fest umklammert in ihrer Hand. Ihre Beine hatte sie überschlagen und den Rock glattgestrichen. Ihr war bewusst gewesen, dass der Kanadier mit einigem zu kämpfen hatte. Eigentlich hatte sie gedacht, dass er sich endlich öffnen würde. Dass sie in den Sitzungen Fortschritte machen würden. Sie hatte vermutet, Drogen würden keine Gefahr mehr darstellen, dann gab es am Anfang der Woche die Drogenrazzia in seiner Firma. Suizidale Gedanken hatte sie nach dem EKT komplett ausgeschlossen. Dafür rückte der Alkohol ins Zentrum. Er machte Coon aggressiv. Ganz zu schweigen von den Migräneanfällen. Aber was konnte sie einen Tag vor dem Umzug unternehmen? Es durfte auch nichts zur Presse durchdringen. Sie traf bei Coon fortwährend auf ihre Grenzen. Mittlerweile fragte sie sich selbst, ob Coon zu komplex war oder sie zu inkompetent. Sie legte sich hin und strengte ihre grauen Zellen an. Es gab mehrere Möglichkeiten, wie sie verfahren konnte. Sie konnte es zur Anzeige bringen. Ihn zwangseinweisen. Gruppentherapie mit beiden Parteien. Ihn im Einzelgespräch zur Rede stellen. Es ignorieren. Na gut, Letzteres war Nonsens. Das konnte sie nicht mit sich vereinbaren. So gesehen war jede Möglichkeit mistig in sich. Er hatte ihr mal versprochen, sich im Griff zu behalten. Wenn es ihm zu viel wurde, sollte er sich melden, aber nicht auf andere losgehen. Generell war er über die letzten Monate deutlich impulsiver geworden. Früher ging er überlegter an Sachen heran – privat und geschäftlich. Sie hatte bis heute nicht verstanden, warum er plötzlich heiraten wollte. Zumal er ihr beteuert hatte, nie wieder heiraten zu wollen.

Für sie persönlich klang es immer etwas verlockend. Reich, charmant, psychisch angeschlagen. Männer wie er würden viel über Sex kompensieren, was laut anderen Frauen nur Gutes bedeutete. Bisher hatte sie es nicht übers Herz gebracht, ihre Gedankenwelt zu überschreiten und tatsächlich zu handeln. Zu sehr, dachte sie, würde sie solche Männer ausnutzen. Sie rieb ihr linkes Ohrläppchen und kaute abwesend auf ihrer Unterlippe. Wie konnte sie dem armen Schwein helfen? Sie ging ihre Kontakte durch und stieß auf eine Ärztin, die sie seit ihrer Studienzeit kannte. Sie führte Downtown eine Praxis für Allgemeinmedizin. Auf diesem Wege würde endlich jemand etwas gegen seine Migräne unternehmen, ob er wollte oder nicht. Sie setzte sich auf und rief die Ärztin an. „Hey, wie geht's?"

„Hmpf, die Praxis ist rappelvoll, und ich sitz' gerade in einer Sprechstunde. Wie soll's mir da schon gehen?"

„Ah, verstehe."

„Lass mich schnell die Sprechstunde beenden."

Die junge Ärztin legte den Hörer beiseite und wandte sich ihrem Patienten zu. „Verzeihen Sie. Zurück zu Ihren „Symptomen" … Sir, beim besten Willen, Sie haben keinen Herzinfarkt und wenn doch, sollten Sie nicht hier, sondern im Krankenhaus sitzen." Der Mann schaute sie entgeistert an, nickte aber und verließ das Sprechzimmer. „Immer diese Menschen, die wegen jedem Scheiß zum Arzt kriechen", sagte sie und nahm den Hörer auf. „So, hier bin ich wieder. Was gibt's?"

„Ich brauche einen Gefallen von dir."

„Ist Skepsis angebracht? Bisher hatten eingeforderte Gefallen nichts Gutes bedeutet."

„Es geht um einen meiner Patienten."

Genau das meinte die Ärztin. „Sag' ich ja."

„Es ist nichts Schlimmes. Du sollst ihn nur medizinisch durchchecken. Er leidet seit zwei Jahren an Migräneanfällen mehrmals wöchentlich, weigert sich jedoch, zum Arzt zu gehen."

„Muss ich dabei um mein Leben fürchten, weil es ein mörderischer Psychopath ist?"

„Ich darf dir nichts zu seinem geistigen Zustand sagen, aber deine Sorge ist unbegründet. Er ist ein ganz Lieber." Die Lieben haben immer einen Knacks weg, schoss es in ihren Kopf.

„Ich kann dir trotzdem nicht helfen, die Praxis ist voll."

„Komm schon."

„Morgen hab' ich frei." – „Das ist, glaube, zu spät. Ich-ich weiß nicht, wann sein Flug geht." Die Ärztin kam nicht mehr mit. Flug? Welcher Flug? Was passierte hier? „Versteh doch, es handelt sich um Adam Coon. Wenn du kurz in sein Büro fahren könntest, ihn einfach durchcheckst."

„Ach ja? Ich schau mal, was sich machen lässt."

„Perfekt, danke schön. Viel Glück." Sie stand auf und lief schnellen Schrittes raus zur Sprechstundenhilfe. Einen Adam Coon würde sie sich nicht entgehen lassen. Live und in Farbe. Außerdem gehörte zu jeder gründlichen Untersuchung auch eine kleine Körpervisite.

„Kann ich den nächsten Patienten schicken?", fragte die Sprechstundenhilfe.

„Nein, wir schließen die Praxis jetzt aufgrund eines … nennen wir es familiären Zwischenfalls." Sie bemerkte den fragenden Blick und winkte ab. „Frag nicht."

Frisch aus der Videokonferenz marschierte Coon etwas fröhlicher zurück in sein Büro. Die Ergebnisse aus Luxemburg waren fantastisch. Darauf würde er erst einmal ein Glas Wein trinken. „Denn es lautet", rief er, „jeden Tag ein

Gläschen Wein, bringt ein bisschen Stimmung rein!" Er stieß seine Bürotür auf, rechnete jedoch nicht mit dem Damenbesuch, der ihn in seinem Chefsessel bereits erwartete. „Hallo?" Er beäugte sie von oben bis unten. „Wer, um Himmels willen, sind Sie. Und überhaupt … Was machen Sie in *meinem* Büro?"

„Setzen Sie sich zuallererst, Adam", sagte die Frau und deutete auf die Stühle vor dem Tisch. Behutsam nahm er Platz und behielt die Frau im Auge. Was passierte hier? „Um Sie aufzuklären. Ihre Therapeutin schickt mich, um eine allgemeinmedizinische Untersuchung durchzuführen."

„Pff", grunzte Coon, „glauben Sie mir, es geht mir bestens." Die Ärztin stand auf und lehnte sich ihm gegenüber an den Tisch. Mit den Armen vor der Brust verschränkt antwortete sie: „Das sagen sie alle-"

„Was Sie machen, ist pure Zeitverschwendung."

„Das sehen wir anders."

„Wer ist *wir*?"

„Ihre Therapeutin und ich in erster Linie. Ich vermute auch Ihre Verlobte, Ihre Kollegen und Mitarbeiter. Aber wahrscheinlich wird Ihr Zustand selbst an Bürger XY nicht unbemerkt vorbeiziehen."

„Das sind die Meinungen anderer, Doc. Und ganz ehrlich, auf die gebe ich nichts." Er stand ebenfalls auf und trat mit den Händen in den Taschen vor sie.

„Adam, Sie haben massive mentale und physische Probleme." Coons Mundwinkel schossen nach oben, und er kicherte. Es machte den Anschein, als lächelte er alles weg, was ihm nicht passte. Er wollte die Besorgnisse anderer nicht nachvollziehen. Ein unwissender, naiver Mann, der nicht im Geringsten ahnte, was eigentlich um ihn herum passierte, wer sich alles sorgte. „Setzen Sie sich bitte wieder, Adam, und dann schildern Sie mir doch, wie stark die Migräne Sie in Ihrem Alltag einschränkt."

„Ich werde stehenbleiben. Was die Migräne anbelangt, ja, sie schränkt mich ein, aber in Maßen." Die Ärztin griff in ihre Tasche und nahm ein Paar Einweghandschuhe heraus.

„Ihre Narbe neben dem Auge, verursacht durch das Attentat, führt die zur Migräne oder erst das EKT im April '16?" Sie zog sich die Handschuhe über und tastete seinen Vorderkopf ab.

„Sie machen es wohl nie ohne Gummi, huh?"

„Grundsätzlich nicht, nein. Nun beantworten Sie meine Frage", sagte sie und leuchtete ihm mit einer Stiftlampe in die

Augen. Geblendet blinzelte Coon die Lichtpunkte weg und sah den belustigten Ausdruck der Ärztin.

„Erst seit dem EKT", antwortete er mit einem leichten Lächeln. Die Ärztin nickte, ihr Grinsen wurde immer breiter. Jetzt kam ihr Lieblingspart: das Abhören.

„Wie kündigt sich eine Migräne an? Welche Symptome haben Sie? Und ziehen Sie Ihr Hemd aus, damit ich Sie abhören kann." Er machte seinen Oberkörper frei und spürte das kalte Metall des Stethoskops.

„Ich fange an zu schwitzen. Mein Kopf dröhnt. Meine Augen werden sehr lichtempfindlich, manchmal wird mir auch schwarz vor Augen, und das Herzrasen beginnt. Es ist unterschiedlich." Die Ärztin nickte und betrachtete ihn für einen weiteren Moment. Er war schon ein Leckerchen.

„Okay, Adam, ich messe noch Ihren Blutdruck, dazu setzen Sie sich bitte. Im Anschluss reden wir über mögliche Behandlungen. Natürlich dürfen Sie vorher Ihr Hemd überziehen."

„Bekomme ich danach etwas Süßes wie früher beim Kinderarzt?", zwinkerte er.

„Sie bekommen auf jeden Fall Medikamente, die wie Smarties aussehen. Aber wenn Sie sich brav setzen, könnte auch noch was anderes dabei ‚rausspringen", konterte sie und drückte ihn in den Stuhl.

„Sehr dominant für eine zierliche Frau wie Sie." Sie lächelte ihm zu und führte seinen Arm durch die Blutdruckmanschette, unwillkürlich spannte Coon seinen Bizeps an.

„Trainieren Sie viel?"

„Nein, bloß nicht. Normalerweise sitze ich den ganzen Tag herum und stopfe Junk-Food in mich. Was denken Sie denn, wie ich zu diesem Adoniskörper gekommen bin?"

„Bestimmt nicht durch Sarkasmus. Und jetzt still sein, sonst misst das Gerät nicht … Okay, der Blutdruck ist so weit in Ordnung." Coon schaute sie erwartungsvoll an, während sie ihm die Manschette abnahm. „Sie dürfen wieder reden."

„Danke", sagte er und warf sich sein Hemd über. „Entschuldigen Sie, dass ich anfangs so ein Arsch war, aber ich mag es einfach nicht, wenn Außenstehende mein Privatleben infiltrieren."

„Ist alles gut. Ich hatte bereits schlimmere Patienten. Was ich Ihnen empfehlen kann, schlafen Sie mehr. Verringern Sie Ihren Stress und *trinken* Sie weniger. Zusätzlich verschreibe ich Ihnen ein Triptan, das können Sie während eines Anfalls einnehmen."

„Gut, dann können wir zur Belohnung übergehen, nicht?"

KAPITEL SIEBEN

Grants Kopf schmerzte unerträglich. Dabei hatte sie nichts getrunken, bis auf das eine Glas. Sie war doch keine Leichtmatrosin in Bezug auf Alkohol. „Guten Morgen", trällerte Monday und hielt ihr eine frisch gebrühte Tasse Kaffee vor die Nase. War er nicht nach Hause gefahren? Nicht, dass sie den Anblick, der sich ihr bot, nicht genoss. Ein halbnackter Monday am Morgen war immer etwas Schönes. „Entschuldige, dass ich noch hier bin, aber ich war zu müde, um zu mir zu fahren."

Sie nahm ihm die Tasse ab und schüttelte den Kopf. „Kein Problem. Mach's nur nicht, wenn Karéy da ist."

Monday setzte sich zu ihr aufs Bett. „Darüber wollte ich mit dir noch sprechen. Du weißt, ich mag es wie du. Locker und offen, nichts Festes. Aber es nagt an mir, dass ich immerfort nur die Nummer zwei bin."

„Ich mag den Mann. Soll ich ihn abschießen, oder was?"

„Ich will nicht Ja sagen, sonst wäre ich echt ein Wichser, trotzdem würde es mir gefallen." Grant küsste seine Schulter und seufzte entrüstet. „Ich weiß nicht. Er ist immer so herzlich und liebevoll. Er täte mir leid. Er wäre wieder allein. Keine Frau. Sein Kind darf er auch nicht sehen."

„Was ist mit seinen Arbeitskollegen?"

„Echt jetzt?" Monday zuckte die Schultern. „Können wir später weiterreden? Ich muss mich fertig machen." Als Antwort küsste er sie und brachte die leere Tasse in die Küche zum Abwasch. „Duschen", murmelte sie und ging wie ein Zombie ins Bad.

Sie stieg unter das Wasser und entspannte sofort. Jedes Mal schätzte sie diese Wirkung des Wassers wert. Nachdem sie fertig war, lief sie zurück in ihr Schlafzimmer, um frische Kleidung für den Tag anzuziehen. Bluse, Rock und irgendwelche hohen Schuhe sollten es tun. Sie zog sich an und stolperte dabei über Mondays Sachen. „Er sagte, zu müde zum Fahren, nicht, um die Klamotten ordentlich hinzulegen", grummelte sie, während sie sein Hemd aufhob. Sie liebte seinen Geruch, daher roch sie daran. „Irgh!" Hoffentlich würde er nach Hause fahren und sich umziehen. Wenn nicht, würde sie ihn persönlich aus dem Revier schleifen und ihn nach Hause schicken. Sie legte die Sachen über ihren Arm und drückte sie ihm im Wohnzimmer in die Hände. Er küsste sie zum Dank und zog sich selbst an.

„Soll ich dich mit zum Revier nehmen?", fragte er.

Blitzschnell schüttelte Grant den Kopf. „Nein, nein. Fahr du ruhig erst zu dir und mach dich fertig."

„So verstanden, Captain." Er band seine Schuhe, salutierte und verließ das Apartment. Sie selbst nahm sich einen Apfel aus der Küche und füllte ihren Coffee-to-go Becher für die Hinfahrt zum PD. Ihr Blick schweifte durch die Küche. Sie musste unbedingt putzen. Die Tassen und Teller stapelten sich bereits in der Spüle. Der Müll quillte vor lauter Take-A-way-Boxen über. Wenn sie Glück hatte, kam sie heute früher aus dem PD heraus, dann konnte sie sich am Abend noch darum kümmern. Vorher rief jedoch die Arbeit. „Das macht den Tag gleich viel angenehmer." Sie packte alles in ihre Tasche und machte sich auf den Weg.

Zugegebenermaßen vermisste sie es manchmal, morgens ins PD zu gehen und zu wissen, da wartete ein ungelöster Mordfall auf ihrem Schreibtisch. Mittlerweile warteten nur noch Beschwerden, logistische Dinge und ein voller Terminkalender auf sie. Selbst schuld. Sie wollte unbedingt Captain werden. Sie vermisste ihr altes Team. Tico. Alexa. Maxwell.

Auch wenn sie mit O'Connor als ihren Deputy nach wie vor eine Art Team darstellte. Sobald er und Monday ihren nächsten Fall hatten, würde sie sich als Unterstützung in das Team eintragen. Einmal wieder Detective sein. „Kann ja nicht schaden." Sie setzte sich an ihren Schreibtisch. Darauf lag eine Nachricht mit der Erinnerung, in drei Stunden auf dem Präsidium zu erscheinen. Ach ja, da war noch was. Die Party. Die Ergebnisse, die weniger als nüchtern ausfielen. Die Begegnung mit Coon. Er hatte zwar gesagt, er würde nicht mit FINK arbeiten, aber konnte sie ihm trauen? Einerseits wollte, andererseits konnte sie nicht. Zumindest nicht hundertprozentig. Log er bezüglich FINK wirklich nie, sowie sie es dachte? Sie legte die Erinnerung beiseite und nahm sich den Brief darunter vor. „Wow, eine Dienstaufsichtsbeschwerde gegen Anderson. Was hat er diesmal getan, seine Tasse nicht ausgewaschen?" Sie las die Beschwerde, aber zerriss und warf sie in den Mülleimer sogleich. „Hat er eben einmal die Zufahrt zur Garage blockiert. Dann weist man ihn darauf hin und gut ist. Ständig diese Seifenoper-Scheiße."

Ohne zu klopfen, spazierte Monday in das Büro. „Darf ich stören?", fragte er.

„Kommt drauf an." – „Auf was?"

„Ob du nächstes Mal anklopfst und ob du auch gegen Anderson Beschwerde einreichen willst."

Monday schloss die Tür und setzte sich. „Anderson erneut?"

Grant nickte. „Gott, haben die Leute keine Fälle mehr zu lösen? Lächerlich das Ganze." Grant sackte im Stuhl zusammen und seufzte aus tiefster Seele. Monday ging zu ihr herum, stellte sich hinter sie, massierte ihre Schultern. „Dein Urlaub ist nicht mehr fern, dann kann sich Max damit herumschlagen." Er küsste ihre Schulter, ihren Hals.

„Nicholas", zischte Grant und stieß ihn weg. „Muss ich's dir jeden Tag aufs Neue erklären. Nicht. Im. Dienst. Mein Tag ist schon gelaufen und ich bin nicht mal 'ne Stunde hier." Geschlagen setzte Monday sich wieder und meinte: „Dann können wir über Karéy reden, nicht wahr? Du hast offenbar Zeit, ich hab' keinen Fall."

„Was wollen wir noch großartig darüber reden? Ich werde euch nicht miteinander vergleichen. Jeder von euch ist toll auf seine Art. Ich werde weder das mit Karéy beenden noch mit dir."

„Kann es nicht wie am Anfang sein? Nur du und ich."

Grant lachte. „Schätzchen, es gab nie ein „*Nur du und ich*". Karéy ist ein bisschen länger im Rennen als du."

„Ehrlich? Als wir das erste Mal aufeinandergetroffen sind, kam das nicht so rüber. Also, dass da jemand anderes wäre."

Die Bewerbungsunterlagen und der vorgeschriebene Arbeitsvertrag lagen vor ihr. O'Connor war der Überzeugung, der Kerl war PD-Material. Wollte mit ihm auch sofort ein Team bilden. Nicholas Monday. Sie vertraute O'Connor. Nicht grundlos hatte sie ihn zu ihrem Deputy gemacht. Mal sehen, ob der Kerl sie genauso begeistern konnte. Dann würde sie die Einstellung absegnen und ihm den Vertrag überreichen. Bitte, lass ihn normal sein, betete sie, und keine Petze wie jeder andere. Und bitte kein T-Shirt-Träger. Sie wollte ein einheitliches Bild auf ihrem Revier, das bedeutete mindestens ein Hemd beziehungsweise eine Bluse für die Damen. Es klopfte an der Tür. Grant stand auf, um sie zu öffnen. „Sie müssen Mr. Monday sein."

„Positiv, Captain Grant, Ma'am." Er reichte ihr die Hand, Grant schlug ein.

„Captain oder Ma'am. Bitte nicht beides." Hm, keine feuchte Hand und ein sehr fester Händedruck. Sie ließ ihn in ihr Büro und deutete ihm, sich zu setzen. Der Kerl sammelte jetzt schon Pluspunkte. Selbstbewusstes Auftreten, starker Handschlag, Hemd. „Angenehm, Sie endlich in Person kennenzulernen. Ihre Bewerbung ist

vielversprechend und Detective O'Connor sprach in den höchsten Tönen von Ihnen."

„Oh, vielen Dank. Detective O'Connor ist aber auch sehr kompetent -"

„Ja, Sie können sich später gegenseitig in den Arsch kriechen. Sie mögen den Deputy überzeugt haben, aber können Sie auch mich, den Captain, überzeugen?" Monday guckte sie fragend an und wartete, dass sie fortfuhr. „Auf Ihre Einstellung folgt eine Probezeit von zwei Wochen. Bestehen Sie die, heiße ich Sie herzlich willkommen als neuen Detective des 17ten Reviers. Enttäuschen Sie mich, wird das Arbeitsverhältnis unverzüglich und fristlos aufgelöst."

„Das klingt ... hart", schluckte er leicht nervös.

„Sollte für Sie ein Leichtes werden. Derzeit spricht alles für Sie. Und wenn Sie sich im Anschluss auch weiterhin bewähren, können wir über eine Verbeamtung reden. Aber eins nach dem anderen. Erzählen Sie doch noch etwas über sich. Warum Sie bei der Polizei anfangen wollen. Familie. Freizeit."

„Nun ja, meine Beweggründe für eine Bewerbung ..." Würde sie danach die Einweisung mit ihm machen? Theoretisch könnte sie es auf O'Connor abwälzen, aber sie wollte ihn noch zappeln lassen, bis er seinen neuen Partner bekäme. „... natürlich geh' ich nach der Arbeit gern mal was mit Freunden und Kollegen trinken. Sie sind herzlichst eingeladen. Mein Ex-Chef fand das immer cool."

Subtilität gehörte wohl nicht zu seinen Stärken. Er hatte den Ver-
trag noch gar nicht unterschrieben, schon lud er sie ein. „Ihr
Freund wird doch bestimmt nichts dagegen haben?" Euh. War die
Frage überhaupt legitim? Monday war ein sehr direkter Typ.

„Auch wenn es Sie normalerweise nichts angeht, ich bin nicht ver-
geben."

„Eine Schönheit wie Sie?" Der traute sich was.

„Passen Sie lieber auf, was Sie Ihrer Chefin in spe sagen."

„Muss ja dann nicht bei Chefin bleiben", murmelte er. Bitte?
Dachte er, sie hätte ihn nicht gehört? „Das PD ist für mich wie eine
riesige Familie. Ich möchte viele Freundschaften aufbauen. Und wa-
rum nicht auch meine Chefin als Freundin bezeichnen können",
zwinkerte er.

„Ah ja", antwortete sie grinsend. Das war mal was ganz Neues. So
ein Bewerbungsgespräch hatte sie noch nie erlebt. Das kann was
werden, dachte sie und reichte ihm den Arbeitsvertrag zum Unter-
schreiben.

Wenn sie daran zurückdachte, hatte er Recht. Es kam tatsächlich nicht so herüber. „Mag sein", winkte sie ab. „Fakt ist,
ich brauch' Zeit zum Nachdenken. Ich entscheide das nicht
von heut auf morgen."

„Ich verstehe. Lass dir Zeit, ich will dich nicht hetzen." Die Tür knallte auf und Moreno stolzierte hinein, Black mit von der Partie.

„Ah, gut! Sie sind da, Melinda." Bis zur Besprechung dauerte es doch noch, außerdem fand sie auf dem Präsidium statt.

„Ich wollte vor der Besprechung mit Ihnen über die Ergebnisse reden. Das Team, das Sie geschickt haben, haben Sie es bereits debrieft?"

„Ich war selbst dort mit Detective Monday."

„Okay, wo ist er?" – „Direkt vor Ihnen, Ma'am", antwortete Monday.

„Oh", sagte Moreno, „dann erzählen Sie, Melinda."

Grant warf Monday einen Blick zu. Was sollte sie erzählen, sie hatten nichts Relevantes herausbekommen. „Viel zum Erzählen gibt's nicht. Der Baron höchstpersönlich war anwesend. Mitgenommen haben wir ihn nicht, die Konsequenzen für das PD wollten wir uns nicht ausmalen. Wir haben ihn belauscht – ergebnislos."

„Das ist schade, zu hören. Wie verlief die Party an sich?"

„Ungeladene Gäste wurden auf Waffen kontrolliert, wir hatten keine dabei, also kamen wir ohne Weiteres rein. Laute Musik. Viel Alkohol. Drogen in Massen. Die Leute hatten ihren Spaß, keine Anzeichen von Gewalttaten."

„Ich traf gestern auf Adam. Ich hab' ihn nicht darauf ange-sprochen, aber ich nehme an, er war auch dort. Er roch zu-mindest danach."

„Ja, er war eingeladen. Wir unterhielten uns zuerst. Später dann auf dem Klo redete er, glaube, mit dem neuen Chef FINKs. Danach hatte er förmlich 'nen Zusammenbruch ge-habt", erklärte Monday. „Und wenn ich schon beim Klo bin, meinte Mr. Coon nicht zu dir: Erinnere dich an meine Worte, Melinda?"

„Erinnere dich …" Grant überlegte. Sie hatte gestern bereits nicht gewusst, was er meinte, wie also – *Ich meine, gehört zu haben, dass Wouter Vaude, der neue Chef, den Drogenmarkt an sich reißen will und gern nach jedem Strohhalm greift, den er kriegen kann.* „Du hast Recht. Adam wollte wissen, wer die Drogen in seine Firma geschmuggelt hat. Er hatte FINK verdächtigt, und der Verdacht bestätigte sich durch den Deal. Dieser Wouter Vaude muss mit FINK hinter den Morden stecken."

„Im Endeffekt sollen wir uns also mit einer Organisation an-legen, die, wer weiß, wie viele Anhänger und Verbündete hat? Bei allem Respekt, Chieftess, aber eine derartige Vorge-hensweise kann ich nicht unterschreiben", sagte Black.

„Genauso wenig können wir wegschauen, aber ich versteh'
Ihre Bedenken, Berry. Mir fällt aber auch keine andere Möglichkeit ein", gestand Grant und wandte sich zu Moreno.

„Sie können Adam um Hilfe bitten", schlug diese vor.

„Farah, Sie wissen, er und ich haben nicht das harmonischste
Verhältnis zueinander."

„Es geht hierbei nicht um Ihr Privatleben, Melinda, sondern
um Menschenleben."

„Trotzdem wird er's nicht machen. Er möchte den Deal prin-
zipiell nicht eingehen, er hat genug um die Ohren. Außerdem
zieht er morgen um."

„Mein Vorschlag wäre, dass wir das FBI zusätzlich ins Boot
holen. Die DEA ist doch so oder so dabei. Dann hätten wir
das ganze Police Department, das New Yorker FBI und die
New Yorker DEA. Drei staatliche Behörden gegen eine Organisation", war Mondays Idee. Black schüttelte den Kopf.

„Wie ich weiß, ist FINK nicht nur in New York zu Werke."

„Keiner sagt, wir sollen sie plattmachen. Es reicht theoretisch,
wenn wir FINK aus New York drängen. Was die anderen
Staaten machen, kann uns egal sein. Mir ist bewusst, das
klingt etwas unmoralisch und verwerflich, aber wenigstens
wäre FINK aus New York raus."

Grant schaute ihn erschrocken an. „Das sind mal ganz neue Töne von dir, Nick."

„Not macht erfinderisch, oder nicht?", zuckte er mit den Schultern.

„Ehrlich gesagt, Detective, ich finde Ihre Idee recht gut", gab Moreno zu. „Bevor wir die Idee dem Rest vorstellen, sind die hier Anwesenden einverstanden mit dem Counter Strike?" Grant, Monday und sogar Black nickten. „Sehr gut. Ich werde den Police Commissioner und Chief Judge zur Besprechung hinzuholen. Black, seien Sie so nett und kontaktieren Sie nochmals in meinem Namen den Chief of Operations und den Deputy der DEA und rufen Sie bei der nationalen Sicherheitsabteilung des FBIs an, die sollen jemanden aus der CTD schicken. Oh, und vergessen Sie den Attorney General nicht." Moreno zückte ihr Telefon und verließ das Büro.

„Bis später", sagte Black und rannte ihr hinterher. Mann, die Frau hatte einen Schritt drauf.

„Das is'ne große Nummer, würd' ich sagen", seufzte Monday.

„Leider nichts Neues für mich. Zumindest was diese Organisation angeht."

„Willst du reden?"

„Ich brauch' Ruhe. Max ist, soweit ich weiß, im Archiv, wenn du also …" Monday ging, leise schloss er hinter sich die Tür. Grant atmete tief ein und vergrub ihr Gesicht in ihren Händen. Hoffentlich nahm der Spuk mit der Aktion ein Ende. Seit sechs Jahren verfolgte sie dieser Name. Diese Organisation. FINK. Und jedes Mal hing Coon irgendwie mit drin. Mit Glück funktionierte es tatsächlich. Der Kanadier zog weg, und FINK würden sie vertreiben. Coon hatte ihr damals erklärt, dass FINK ausschließlich von New York aus agierte. Sie müssten also erst einmal eine neue Zentrale aufbauen, um wieder weltweit Aufträge hindernislos annehmen zu können. So würden sie eventuell auch erst einmal von Coon ablassen. Er konnte kaum höherer Priorität sein als die Infrastruktur der Organisation. Ergab es Sinn? Für Grant auf jeden Fall – vorerst. Zudem war es an der Zeit aufzuhören, in Coon das betrügerische Arschloch von vor anderthalb Jahren zu sehen. Sie hielt es nicht mehr aus, abweisend zu ihm zu sein, zu groß waren die Sorgen um ihn mittlerweile. Sie hatte aber auch immer Glück, dass all ihre Probleme zu einem Zeitpunkt gemeinsam kollidierten. Wie viel Stress die Situation für Moreno bedeutete, wollte sie überhaupt nicht wissen. Wenn die Besprechung gelaufen war, würde sie ihn anrufen. Sie würde sich wahrscheinlich nicht entschuldigen, aber normal mit ihm reden, mit ihm lachen. Hach, die Woche *hätte* ganz entspannt verlaufen können, wäre da nicht FINK gewesen. Sie stellte sich vor, was sie mit Wouter Vaude anstellen würde, wenn sie ihn in die Finger bekäme. Zum Schluss würde nur noch ein kastriertes, taubblindes, gehäutetes Häufchen Elend übrig bleiben. Der Gedanke brachte sie zum Lächeln. Offensichtlich war sie nicht zu hundert Prozent die gesetzestreue Polizistin. Aber wer war das auch schon? Jeder Cop hatte sein dunkles Geheimnis. Der Blick auf die Uhr verriet, dass es langsam Zeit wurde aufzubrechen. Sie machte sich auf den Weg ins Archiv, um Monday zu holen.

„Nick, kommst du? Die Besprechung." Er und O'Connor schreckten ihrer lauten Stimme wegen auf.

„Mann, ich arbeite seit Jahren mit dir und trotzdem vergesse ich andauernd, wie laut du sein kannst."

„Ich sag's dir, Max, im Bett ist sie nicht so laut", flüsterte Monday, doch Grant hörte ihn.

„Ich glaube nicht, dass Max das wissen wollte. Jetzt komm", forderte sie und zog ihn am Ohr mit sich.

„Au! Au! Au! Au!", maulte er. „Bitte lass los, Mel. Es war bloß ein Scherz."

„Manchmal bist du ein richtiger Holzkopf."

„Das sagst du aber auch erst seit dem Fototermin", lachte er.

Grant zog nochmal kräftig an seinem Ohr, bevor sie losließ.

„Der Fototermin war für das offizielle Revierfoto. Du standst hinter mir und hast mir Hasenohren gemacht!"

Monday lachte los. „Die anderen fanden es alle witzig."

„Mh mh. Auf dem nächsten Bild stelle ich dich in die letzte Reihe."

„Nein! Du weißt, ich bin zu klein für die letzte Reihe."

„Wie du mir, so ich dir", kicherte sie. Beide stiegen in Grants Wagen und fuhren los.

Der Counter Strike würde in wenigen Wochen erfolgen. Glücklicherweise steckte Grant nicht in der Planung. Sie musste lediglich ihre Teams briefen. Wie rot Monday geworden war, als ihn selbst der Police Commissioner für seine Idee lobte.

„Hast du sein Gesicht gesehen? Das fette Grinsen, als er meinen Vorschlag hörte", freute sich Monday.

Grant setzte sich kopfschüttelnd in ihren Stuhl. „Ja, ja. Der Commissioner liebt dich. Nächstes Mal macht er dir 'nen Antrag."

„Du bist doch nur eifersüchtig, dass die Idee von mir kam."

„Pff, ich bin längst Captain, ich hab's nicht nötig, jedes Mal die beste Idee zu liefern."

„Mimimi." Sie gab es nicht zu, aber sie war stolz auf ihn. Abermals hatte ihr Revier die Lösung eines Problems gebracht. War sie Wettbewerbsgeil? Nein! Sie wollte lediglich, dass das 17te Revier ein hohes Ansehen erreichte und behielt.

„Ich geh' zu Max, sonst vereinsamt er." Er beugte sich hinunter und drückte einen Kuss auf ihr Haar. Grant verzog das Gesicht. „Sag' nichts", rief er und suchte seinen Partner O'Connor auf. Irgendwann würde sie ihm spaßeshalber die Abmahnung schreiben. Sie stellte ihre Tasche auf ihren Schoß und kramte darin nach Kaugummis. Erst jetzt bemerkte sie, dass jemand sie anrief. Vor der Besprechung hatte sie es lautlos gestellt. „NYPD, Captain Grant. Wie kann ich Ihnen helfen?"

„Ich bin mir sicher, dass du meine Nummer siehst, wenn ich dich anrufe", meldete sich Karéy am anderen Ende der Leitung.

„Musst du mir jeden Scherz verderben?"

„Nein, aber ich find's ganz amüsant." Noch einer ihrer Lieblingsholzköpfe.

„Aha. Was willst du, dass es nicht bis nächste Woche warten kann, wenn du zurück bist?"

„Darf ich dich nicht ohne triftigen Grund anrufen?"

Bevor du antwortest, hast du nur einmal darüber nachgedacht, dass der arme Kerl vielleicht mehr möchte.

Vertrau mir, das hab' ich. Auch bei Nick.

Willst du wie Coon enden? Bloß noch Affären oder, falls es doch mal mehr wird, eine instabile Beziehung.

Nah, er ist ein fieses Beispiel. Außerdem wird es nicht so kommen, ich bin emotional stärker. „Natürlich, darfst du grundlos anrufen. Ich hab's nur nicht erwartet."

„Ich kann gern ein zweites Mal anrufen, damit du vorbereitet bist."

Beende es, bevor es zu spät ist. Entscheide dich für einen oder keinen.

Es funktioniert doch ... dieses Unverbindliche. Sex mit Nick oder Austin.

Vergiss Black nicht. Der will auch was von dir. Und was ist mit Coon? Kaum hat er größere Probleme, ist der Hass wie weggeblasen.

Ja, tut mir leid, ist halt so. Und was Berry angeht, bitte, wenn es so weit kommt, werde ich nicht Nein sagen.

Du verstrickst dich immer mehr in diese Liebeleien. Das ist doch nicht mehr gesund.

An 'nem Stück Kandiszucker zu lecken ist nicht gesund. Sex hält fit.

Mit dir lässt sich einfach nicht reden.

Ich weiß.

„Mel?" Herrje, sie telefonierte ja noch. Was hatte er zuletzt gesagt?

Gute Leistung.

Halt doch die Klappe! Warum musst du Gewissen so beschissen sein? Und ja, der Reim ist beabsichtigt.

Ah, Poesie, die wohl schönste Form, um Liebe auszudrücken. Liebe … Etwas, was du nicht gern weitergibst.

„Bist du noch dran?"

Jetzt antworte dem armen Burschen.

Dann sei leise!

„Mel?" – „Ja, ich bin da."

„Ist alles in Ordnung?", fragte Karéy besorgt.

„Einigermaßen. Es ist nur viel los momentan."

„Wie gesagt, ich kann noch mal anrufen. Später."

„Ach Quatsch. Wenn wir schon telefonieren. Wie geht's deiner Tochter?"

„Bestens, bisschen traurig, weil ihre Mutter im Krankenhaus ist, aber sonst. Sie hatte sich unglaublich gefreut, mich nach all der Zeit zum ersten Mal wiederzusehen. Sie ist so groß geworden." Grant schmunzelte. Karéy liebte seine Tochter abgöttisch. Das erinnerte sie an ihre Kindheit. Ihr Vater war oft streng gewesen, hatte ihr trotzdem bedingungslose Liebe geschenkt. Nächste Woche besuchte sie ihre Eltern, das hatte sie sich vorgenommen. „Wir gehen gleich in den Park und ein leckeres Eis schnabulieren", sagte er in einer kindlichen Stimme. Die Kleine war wohl zu ihm gekommen. Im Hintergrund hörte Grant sie herumquengeln. „Ich muss auflegen, Mel, sonst werd' ich noch schnabuliert. Wir hör'n uns." „Ciao." Sie packte das Telefon weg und leckte über ihre trockenen Lippen. Sie war durstig. Im Kühlschrank des Pausenraums stand sicherlich noch Wasser.

Als sie die Tür öffnete, hielt sie vor Schreck inne. „Adam?" „Hey", antwortete er erstaunlich ruhig.
„Verzeih, wenn ich das sage, aber du siehst schrecklich aus."
„Beschissener Tag, würde ich meinen. Höhen und Tiefen."
Bezaubernd, da bist du nicht der Einzige, dachte sie. „Konnten meine Worte gestern weiterhelfen?"
„Euh ja, danke dafür. Es war 'ne echt große Hilfe. Ich darf nicht viel erzählen, aber es wird zum Counter Strike kommen. Keine Sorge, wir halten dich raus." Coon nickte

dankbar. „Darf ich fragen, warum du hier bist? Wenn's um die DEA-Sache geht, es wurde alles zurückgezogen."

„Nein, ich wollte mich nur *endgültig* bei dir verabschieden. Melinda, ich –"

„Warum nennst du mich nicht mehr Mel?"

„Ich dachte, Mel steht nur Freunden und Familie zu." Hatte er das gerade wirklich gesagt? Okay, vor ein paar Tagen hätte sie ihm am liebsten noch den Kopf abgerissen, aber dass er so dachte. Mit den beiden war es bloß noch ein einziges Trauerspiel. Sie wusste nicht, wie sie antworten sollte, daher sagte sie: „Mel steht auch den Idioten zu." Stille. Keiner der beiden wusste zu reden.

Coon schaute sie reumütig an. „Es tut mir so verdammt leid. Ich weiß, ich kann es nicht ungeschehen machen, aber eventuell war es gut, wie es ausgegangen ist. Ich meine, sieh dich um. Du hast genug mit dem Revier an der Backe. Stell dir vor, du hättest noch einen Coon vierundzwanzig Stunden täglich an dir kleben." Die zwei lachten. Das war es, von dem sie sprach. Sie vermisste die alten Zeiten mit dem nervigen Kanadier. „Unglaublich, dass du morgen wegziehst", gestand sie, „es kam so plötzlich. Ist vielleicht eine blöde Idee, aber können wir in Kontakt bleiben? Luxemburg ist sehr weit weg. Und wegen FINK."

„Ich finde die Idee gar nicht blöd."

Sie lächelte ihn an, dann fiel ihr Blick auf den kleinen eingestickten Waschbären, der das Revers seiner Weste zierte. Sie strich darüber und fragte: „Ein letztes Mal COONMAN?"

„COONMAN gibt es nicht mehr", lachte er bitter. „Die Zeiten sind vorbei." Grant sah die Traurigkeit in seinen Augen. Hatte das etwa mit ihnen zu tun? Statt nachzubohren, wechselte sie lieber das Thema. „Ich brauch' noch deine Nummer, Adam, ich hatte sie gelöscht."

„Ja, natürlich." Er reichte ihre seine Visitenkarte und dazu eine kleine Box. „Es ist nichts Besonderes."

Grant klappte die Box auf und japste nach Luft. „Nichts Besonderes? Um Himmels willen, Adam, das ist ein verdammter Goldring mit-mit 'nem Smaragd!"

„Der gehörte meiner Nanny. Sie gab ihn mir, als sie gehen musste. I-ich möchte ihn nicht mehr und weiß, dass er bei dir in guten Händen ist."

„Das kann ich nicht annehmen, der ist viel zu wertvoll."

„Genau, emotional wertvoll, daher verkaufe ich ihn nicht, sondern schenke ihn dir."

„Adam." – „Bitte, Mel … Es ist mir wichtig, dass er sicher ist."

„Na gut." – „Merci beaucoup." Jeder andere hätte gefragt, ob es normal war, dass man seinem Expartner so einen Ring schenkte, aber Grant ahnte, dass mehr dahintersteckte. Ihr Bauchgefühl und die vergangenen Jahre mit Coon verrieten es ihr. „Du willst nicht zufällig zu meiner Hochzeit kommen?"

„Warum, ist dir die Braut abgehauen?"

Seine Gesichtszüge verhärteten kurz, dann lachte er nervös. „Der war gut gekontert, Mel. Wirklich gut gekontert. Nein, es war nur eine Frage. Vergiss es. Es wäre merkwürdig –"

„Wenn die Ex anwesend ist? Ich weiß. Julia –"

„Juliette."

„Juliette hätte sicherlich auch was dagegen. Wie geht es ihr eigentlich? Du kannst einem ja doch ziemlich auf die Nerven gehen."

„Bestens! Ausgezeichnet! Ihr … geht es fabelhaft. Wie geht es deinen Eltern?"

„Gut, denke ich. Ich geh' sie nächste Woche besuchen."

„Schön. Ich würde gern sagen, dass du ihnen Grüße ausrichten sollst, aber …"

„Es wäre merkwürdig" – „deinem Vater Grüße vom Ex auszurichten. Ich weiß. Oh, warte. Meine Hose vibriert."

„Das ist doch normal bei Männern, wenn sie mich sehen", lachte Grant. Coon grinste nur.

„Sexy Mittvierziger am Apparat", meldete er sich. „Oh, Defcoe! Einen Moment, gleich haben Sie meine ungeteilte Aufmerksamkeit."

„Musst du los?" – „Schätze ja."

„Na dann", sagte Grant und zog ihn in eine letzte Umarmung. „Wir schreiben, telefonieren." Coon begann weiterzutelefonieren, und sie konnte sich endlich etwas zum Trinken holen. Sie ging nur wenige Schritte, bis sie erneut von Coon aufgehalten wurde. „Defcoe, gleich. Mel, eine Sache noch." Sie schaute ihn erwartungsvoll an. Was nun, ein neues Auto, welches er nicht mehr wollte? Er umfasste ihr Kinn und ließ seinen Daumen zu ihrer Wange gleiten. Sanft küsste er ihre Lippen. Es war kurz. Sie merkte, wie seine Mundwinkel dabei nach oben gingen. Aber so plötzlich wie der Kuss war, so plötzlich war auch Coon verschwunden. Verdutzt stand Grant im Gang und versuchte, zu realisieren, was passiert war. Ohne zu verstehen, warum, fing sie an zu weinen. Die Tränen strömten über ihr Gesicht und verliefen sich in dem Stoff ihres Oberteils oder landeten wie kleine Regentropfen auf dem Boden.

„Melinda, was ist los? Warum weinen Sie?", fragte Black, der wie aus dem Nichts aufgetaucht war. Er reichte ihr ein Taschentuch und nahm sie in den Arm. Beruhigend strich er über ihr Haar. Sie hing an seiner Schulter, als wäre jemand gestorben. Das war doch verrückt. Montag hatte sie ihn noch gehasst, dann waren ihre Gefühle neutral, sie konnte mit ihm lachen und reden … Und nun weinte sie um ihn? Oder war sie schlichtweg überfordert? Heut Morgen Monday, dann Karéy, gerade eben Coon und jetzt Black. Ihr Gewissen hatte gemeint, sie würde wie Coon enden. Nein, sie würde schlimmer enden als er, was die Liebe anlangte.

KAPITEL ACHT

02. November, 2018 - *Luxemburg*

Vier Monate und drei Tage waren vergangen, seitdem er den Vereinigten Staaten mehr oder minder den Rücken gekehrt hatte. In der Zeit war einiges passiert und vieles hatte sich geändert. Es war das erste Mal seit Jahrzehnten, dass er mehr Französisch als Englisch sprach.

Was den Umzug betraf, war dieser recht gut verlaufen. Lediglich zwei seiner Anzüge hatten es nicht unbeschadet in das Herrenhaus geschafft. Apropos Herrenhaus, er liebte es über alles. Es war so wunderschön, wenn er ehrlich war, sogar schöner als die Mansion in New York. Wir Europäer wissen halt, wie's geht, hatte Defcoe geprahlt. Unbewusst umfasste er seinen Ringfinger. Ende Juli hatten sie, Juliette und er, hier in Luxemburg geheiratet. Drei Wochen danach kam es zum Eklat zwischen den beiden.

Eines war ihm bewusst geworden, Liebe würde er für Juliette nie empfinden. Er hatte es zwischenzeitlich gedacht, doch es war nur ein Trugschluss.

„Adam, ich muss dir was sagen. Ich weiß es schon etwas länger, aber bis jetzt fand sich noch nicht der richtige Zeitpunkt. Adam, ich bin schwanger."

Coon blinzelte sie an, als hätte er sie nicht verstanden. „Bitte was?"

„Ich bin schwanger", wiederholte sie.

„Du weißt, ich will keine Kinder."

„Ja, aber es ist nun mal passiert. Und vielleicht kannst du dich doch etwas freuen."

„Sehe ich freudig aus oder höre ich mich in irgendeiner Weise freudig an? Du weißt! ICH. WILL. KEINE. KINDER."

„Ach, komm. Das sagst du bloß, weil deine Gracie tot ist! Das ist neun Jahre her, vergiss es … Schließ damit ab." Er sollte seine Kleine vergessen?

„Raus!" Der Hass in seiner Stimme war nicht zu überhören. Keiner hatte das Recht, so etwas zu sagen.

„Du kannst mich nicht rauswerfen. Ich bin deine Frau."

„Bald nicht mehr. Denn endlich gibst du mir einen Grund zu tun, wofür ich sonst keine Eier hätte. Die Ehe annullieren zu lassen. Dem Anwalt werde ich einfach sagen, dass ich vorher Drogen eingenommen habe. Dass ich unzurechnungsfähig zur Eheschließung *war, weil mein Bewusstsein gestört war. Als ehemaliger Jurist versspreche ich dir, das funktioniert!" Höchstpersönlich packte er ihre Sachen zusammen und setzte sie vor die Tür.*

Sie war zu weit gegangen, und das wollte er nicht auf sich sitzen lassen. Ob seine Reaktion übertrieben gewesen war, darüber ließ sich streiten. Tatsache war, die Ehe wurde annulliert. Er hatte Wade die Partnerschaft gekündigt und ihn aus dem Konzern gekickt. Sie hatten sich jedoch auf einen Wiederkauf von WADE Company geeinigt. Nolan saß nun an Wades früherer Stelle. Schmunzelnd dachte er an die Hochzeit zurück. Die Zeremonie hatte seiner Meinung nach länger gedauert als die eigentliche Ehe.

Er stand in seinem Ankleidezimmer und machte sich langsam fertig für das Standesamt. Den burgunderroten Anzug hatte er maßschneidern lassen. Warum Juliette ausgerechnet in dieser Farbe heiraten wollte, wusste er nicht. „Adam, Ihr Telefon", rief Defcoe von draußen.
„Wieder jemand, der mir gratulieren will?"
„Nein, eine Melinda Grant." Wie von allein setzten sich seine Beine in Bewegung. Im Gegensatz zu den anderen Anrufern, würde er eine Melinda Grant *nicht abwimmeln.*

„Geben Sie schon her", sagte er und riss Defcoe das Telefon aus der Hand. „Mel, na endlich! Du hast mich lang warten lassen mit deinem Anruf."

„Tut mir leid, aber ich musste Teams für den Counter Strike zusammenstellen und briefen."

„Kam es schon dazu?"

„Ja. Es hat uns zwar alle Kraft und Nerven geraubt, aber es war ein voller Erfolg. Anderes Thema, was machst du so? Ich hoffe, ich stör' nicht."

„Mel, bis zur Hochzeit sind es noch gute zwei Stunden."

„Das hab' ich total vergessen! Herzlichen Glückwunsch."

„Um Gottes willen, keine Glückwünsche."

„Sonst wird es wieder merkwürdig, huh?" Coon lachte. Allgemein war es merkwürdig mit Grant nach all dem Hass und der Traurigkeit so unbefangen zu reden. Er ahnte bis heute nicht, was ihren Sinneswandel herbeigeführt hatte.

„Ich frage Sie, Mister Adam Coon, wollen Sie mit Ihrer hieranwesenden Verlobten, Miss Juliette Wade, die Ehe eingehen? Dann antworten Sie bitte mit Ja." Er atmete tief durch und schaute zu Juliette. „Euh, ja."

„Miss Juliette Wade, wollen auch Sie Ihren hieranwesenden Verlob-
ten, Mister Adam Coon, zu Ihrem rechtmäßigen Mann nehmen?
Dann antworten auch Sie bitte mit Ja."
Eifrig nickte Juliette, über beide Ohren grinsend. „Ja." Jetzt war es
offiziell, die beiden waren Mann und Frau. Juliette fiel ihm um den
Hals. „Egal, was vorgefallen ist, Adam, ich liebe dich", flüsterte sie.
Er war einfach nur froh, dass sie fertig waren. Seine Füße taten
schon weh vom ewigen Herumstehen. Als Nächstes kam auch noch
Wade und umarmte ihn, als wären er und Coon verheiratet. Auf
die vielen weiteren Beglückwünschungen folgte die Party. Und, oh
Junge, war die mies gewesen – zumindest für ihn.

Wenn er jetzt daran zurückdachte, war die größte Enttäu-
schung nicht einmal die Party gewesen, sondern dass er überhaupt einen ganzen Tag seines Lebens dafür geopfert hatte.
Schlussendlich hatte die Hochzeit alles verschlimmert und
die Annullierung alles verbessert. Er war ruhiger geworden,
weniger impulsiv und aggressiv. Selbst seine Migräne war er-
träglicher, seitdem er Medikamente nahm. Die schönste Besserung betraf aber sein Unternehmen. Ursprünglich sollte die
Hochzeit das Misstrauen der Klienten gegenüber Wade besei-
tigen, damit der Umsatz stieg. In Wahrheit hatte es nichts im
Geringsten gebracht. Dann, als er ihm kündigte und Nolan

als Stellvertreter präsentierte, stiegen die Umsätze um mehrere hundert Millionen bis Milliarden. Nur eins hatte sich nach der Annullierung nicht gebessert. Aus ein, zwei Gläsern Whiskey am Tag wurden indes vier, fünf in der Stunde. Wohl oder übel hatte sich Grant nach dem einen Anruf auch nicht mehr gemeldet. Nun ja, so spielte das Leben. Er spazierte durch das Herrenhaus und bewunderte wie so oft die architektonischen Raffinessen. Am Ende des Ganges lag sein Arbeitszimmer, es war wie einer dieser zwanziger Jahre Herrensalons eingerichtet. Braune, lederne Sitzmöbel, ein Schreibtisch aus Mahagoni, Kamin, wuchtige Regale, sogar ein Bärenfell lag vor dem Kamin. Aber es gab auch moderne Elemente. Zum Beispiel die bodentiefen Fenster, der Alkohol und die Gläser. Er schmiss sich auf eines der Sofas und gähnte. Nicht mehr lang und es würde Mitternacht schlagen. Nicht mehr lang und er würde vierundvierzig werden. Hey, eine Schnapszahl! Ein Grund, den guten Brandwein aufzumachen. Er löste seine Krawatte, knöpfte seine Weste auf, rollte die Ärmel nach oben. Mit einer Hand griff er unter das Kissen, auf dem er lag, und zog ein dickes, zerfleddertes Büchlein hervor. Er hatte es in einem der unzähligen Umzugskartons gefunden. Jahrelang dachte er, er hätte es verloren oder gar weggeworfen. Sein altes Tagebuch aus

Kindheitstagen. Als Kind hatte er es immer toll gefunden, seine Gedanken niederzuschreiben. Vor allem, wenn seine Eltern und Nanny nicht da waren, um sich mit ihm zu beschäftigen. Seine Kindheit war nicht die bunteste gewesen, aber es machte Spaß, in den alten Zeiten zu blättern. Er schlug das Buch auf und entdeckte einen Bericht seines dreizehnjährigen Ichs.

»Ich hatte ja immer das Gefühl, nie richtig von meinen Eltern gewollt zu sein. Mein Verdacht bestätigte sich, als ich eines Tages meine Nanny fragte, warum mein Vater und meine Mutter mich stets zurückwiesen. Warum ich nicht geliebt wurde wie meine Klassenkameraden von ihren Eltern. Sie erklärte mir altersgerecht für einen Sechsjährigen, dass ich ganz bestimmt nicht das Wunschkind der beiden war und sie damals sogar an Abtreibung gedacht hatten. Aber die Presse hatte bereits von der Schwangerschaft mitbekommen … Das erklärt alles in meinem Leben. Weshalb die zwei sich nie darum scheren, was in der Schule oder privat bei mir passiert. Es erklärt alles, aber entschuldigt rein gar nichts. Selbst irgendwelche Obdachlosen wären bessere Eltern. Nein, das darf ich nicht sagen. Es wäre beleidigend gegenüber der Nanny. Sie ist herzlich und verständnisvoll. Sie ist die Einzige, die auf mich stolz ist, wenn ich etwas erreiche … Nachdem sie es mir erklärt hatte, war ich eine

Woche nicht zur Schule gegangen. Ich war zu gekränkt und be-
schämt gewesen. Meine Erzeuger interessierte das natürlich nicht
im Geringsten. Solange nichts Falsches an die Presse geriet, war al-
les gut. Für Außenstehende waren wir nämlich nach wie vor der
Milliardär und seine reizende Gattin mit ihrem wohlerzogenen, ad-
retten Sohnemann.«

Coon lachte. Das war seine präpubertäre Rebellion gewesen, aber leider entsprach alles der Wahrheit. Nun waren sie
seit vier Jahren tot. Sie starben kurz vor der Aussprache, auf
die er Jahrzehnte gewartet hatte. Er blätterte einige Seiten
weiter, übersprang ein paar Jahre.

»Morgen ist es so weit. Sozusagen der Tag der Abrechnung. Die
Abschlussfeier und die Zeugnisverleihung. Ohne meine Eltern …
Aus allen Absolventen haben sie mich zum Redner gewählt. Ich
habe sie noch nicht geschrieben, werde sie auch nicht schreiben.
Letzte Worte sollten immer spontan gesprochen werden. Meine Tu-
torin riet mir über die Zukunft und unser künftiges Leben zu fach-
simpeln … Doch ist das nicht etwas anmaßend? Ich weiß genauso
wenig wie meine Mitabsolventen über das, was uns erwarten wird
oder kann. Ich könnte alte Geschichten erzählen, die wir alle erlebt
haben. Zum Beispiel das Dankesprogramm für die Lehrerschaft …

Ich weiß es nicht. Ich sollte aufhören, mir Gedanken darüber zu machen, dann klappt das. Irgendwie.«

Und selbst jetzt erinnerte er sich noch genau daran, dass er zehn Minuten vor seiner Rede doch noch etwas aufgeschrieben hatte. Den Zettel hatte er auch noch. Säuberlich war er auf der nächsten Seite eingeklebt.

»Liebe Mitabsolventinnen und Mitabsolventen. Sehr geehrte Lehrerinnen und Lehrer. Liebe Eltern und Gäste. Heute haben auch WIR es endlich geschafft. Der Tag, von dem wir dachten, er würde niemals kommen, aber dem wir dennoch entgegengefiebert haben. Unsere Zeugnisausgabe. Unsere LETZTE Zeugnisausgabe an einer Secondary School. Die vergangenen Wochen, gar Monate, haben wir mit intensivem Lernen für unsere Abschlussprüfungen verbracht. (Leiser) Okay, das wäre gelogen. (Lauter) Zumindest die meisten taten das. Und wenn Sie denken, dass der Stress daher rührte, irren Sie sich gewaltig. Der Stress bestand hauptsächlich aus organisatorischen Dingen beispielsweise das Dankesprogramm. Wir erinnern uns hoffentlich noch alle. Mr. Lundi erinnert sich vielleicht nicht ganz daran. Er musste ja wieder krank zuhause liegen. Wenn sich die anderen auch nicht entsinnen können, keine Sorge, wir werden alle nicht jünger.

Gott, wenn Sie wüssten, was das für ein Chaos war. Aber darum geht es heute nicht. Heute geht es darum, sich mehr oder minder endgültig voneinander zu verabschieden. Und das wird der wahrscheinlich schwierigste Teil des gesamten Abends – neben der Herausforderung „angetrunken" nach Hause zu finden.

Die Menschen sagen, die Schulzeit wäre die schönste Zeit. Bis jetzt vielleicht, denn ich sage euch (Schülern), da geht auf jeden Fall noch was! Die schönste Zeit des Lebens liegt noch vor uns. Dafür müssen wir den Mut aufbringen, die Mauern zu durchbrechen, die uns all die Jahre gehalten und uns verboten haben, wir selbst zu sein. HINTER den Schulmauern liegt das Leben und ich verspreche euch allen … es wird großartig.

Nach der Schule geht es nicht mehr darum, dass eins und eins gleich zwei ist. Nein, in der Zukunft geht es, verdammt nochmal, darum, dass euer Ergebnis auch mal drei oder vier sein kann. Dass euch niemand etwas einreden kann, ihr müsst eure Meinung nur untermauern können.

Lebt euer Leben. Macht Fehler. Macht so viele ihr wollt, denn aus denen lernt ihr. Schaut nur, dass ihr dadurch nicht unbedingt im Knast landet. Hinterfragt alles, selbst wenn es andere nervt. Lacht, bis ihr heulend am Boden liegt und verliebt euch so oft, wie es eben nötig ist. Denn unter anderem das bedeutet doch eigentlich, ein freies und glückliches Leben zu führen.

Trotz allem – egal, wie folgendes klingen mag – werde ich die
Schule vermissen. Weniger das Gebäude an sich, da gibt es durch-
aus schönere, sondern viel mehr die Leute darin. Klar, gab es Men-
schen, die ich … weniger mochte, denen ich am liebsten einen Zir-
kel an den Kopf geworfen hätte, um es milde auszudrücken. Im
Endeffekt jedoch werden mir selbst die fehlen, wenn ich an die Zeit
hier zurückdenke.«

Die Anwesenden waren begeistert gewesen, hatten seine
Rede klasse gefunden. Mr. Lundi, sein ehemaliger Sportleh-
rer, konnte auch nur darüber lachen. Er schlug die letzten Seiten des Buches auf und entdeckte zwei Daten. Der 05. Mai
2005. Die erste Begegnung mit Katherine, seiner toten Frau.

Coon schloss seine Wohnung auf und ging direkt ins Schlafzim-
mer. Dort packte er eine Tasche mit allem Wichtigen für seine
„Dienstreise". Sein Gehirn war nicht wirklich darauf fokussiert,
was er für den Auftrag benötigte. Seine Gedanken waren bei Kathe-
rine Benton. Sie wurde ihm als Partnerin zugeteilt, damit er sich
nicht um alles allein kümmern musste. Olivander und Spencen zu-
folge war sie wie er hochangesehen in der Branche, dennoch hatte er
noch nie von ihr gehört. Coon packte seine Tasche fertig und holte
noch ein Kuvert aus dem Wohnzimmer. Beinahe hätte er es

vergessen. Darin befanden sich seine gefälschten Ausweisdoku-
mente, die ihn zu einem kanadischen Diplomaten machten. Keiner
würde sein Gepäck kontrollieren, keiner würde die Handfeuerwaffe
bemerken. Idioten. Aber so konnte er wenigstens seine Waffen
transportieren und musste nicht immer welche am Auftragsort or-
ganisieren. Er hing sich die Tasche über die Schultern und machte
sich auf den Weg. Er fuhr zum Flughafen und parkte auf einem pri-
vaten Stellplatz. Zwei FINK-Mitglieder, die er nur vom Sehen
kannte, eskortierten ihn zum Gate.

Er staunte nicht schlecht, als seine Eskorteure ihm Katherine Ben-
ton zeigten, die seelenruhig auf die Start- und Landebahn schaute.
Sie war etwas Ungewohntes in den Reihen von FINK. Eine femi-
nine Frau. Nicht, dass er was gegen maskulin wirkende Frauen
hatte. Aber ihm persönlich war es ein wenig befremdlich, wenn er
sich fragen musste, ob ihre Muskeln größer waren als seine. Daher
war Benton eine gelungene Abwechslung. Er ging näher auf sie zu.
Sie hatte ihre Haare in einem Zopf zusammengebunden. Die
schwarze Hose und graue Lederjacke ließen sie ziemlich attraktiv
aussehen. Zu ihren Füßen stand ein einzelner, schlichter Koffer.
Benton bemerkte ihn und wandte ihren Blick vom Flugplatz. „Sie
sind spät dran", fauchte sie. Freundlich war was anderes. „Unser
Flug nach Kiribati geht in dreißig Minuten."

„Sind Sie immer so zickig, Benton?" Nun waren ihm die Manns-
frauen lieber.

„Nein, nur sorgfältig." Der war gut. Die Frau war tough. „Kom-
men Sie, Coon, bevor wir den Flug verpassen!" Oh, Katherine Ben-
ton war kein Kätzchen, sie war eine Löwin mit scharfen Krallen.
Was er davon nur halten sollte?

Neun Jahre war die Ermordung her, der Schmerz hatte nur
milde nachgelassen. Aber den zeigte er so gut wie nie nach
außen hin. Lediglich in Ausnahmefällen, wenn jemand die
Grenze überstieg. Das zweite Datum war der 15. Oktober
2012. „Mel."

Coon stand in seinem Ankleidezimmer und bereitete sich auf
eine Party in Brooklyn vor. Er kämpfte gerade mit dem letzten
Manschettenknopf, als er Schritte hinter sich hörte. „Adam Coon?"
Uh, Gesetzeshüterin auf sechs Uhr. „Was kann ich für Sie tun, De-
tective?", wollte er wissen und drehte sich zu ihr. Sofort fiel ihm die
Polizeimarke auf. Jackpot! Ding, ding, ding. Die blondhaarige Frau
schaute ihn perplex an.

„Woher wissen Sie?.." Woher er wusste, dass sie Cop war?

„Sie kommen unangekündigt hierher, stapfen einfach hier rein,
ohne zu fragen, ob ich überhaupt etwas anhabe. Sagen mit eisigem

Unterton Adam Coon *und schweigen dann, bis ich Ihnen eine Antwort gebe. Eindeutiges Verhalten eines Detectives." Die Frau schien immer verwirrter. „Ihrem Gesichtsausdruck zufolge habe ich Sie gerade völlig aus dem Konzept gebracht. Also noch einmal von vorn: Was kann ich für Sie tun?" Er stellte sich vor sie, keinen Meter war er mehr von ihr entfernt. Das schien ihr zu nah zu sein und sie trat einen Schritt zurück. Ungewöhnlich. So etwas kam ihm nur selten vor die Nase. „Umdrehen", sagte sie schroff. Dominanz. „Ich liebe Frauen, die gleich zur Sache kommen oder allgemein Frauen, die kommen. Wenn Sie verstehen, was ich meine." Bereitwillig drehte er sich um und legte seine Hände auf den Rücken. Die Polizistin legte ihm die Handschellen an und wies ihn brav auf seine Rechte hin. „Adam Coon, Sie sind vorläufig festgenommen wegen Verdachts auf Mord an Nora Tremblay …" Warte, was? Mord? Und wer, um Himmels willen, war diese Nora? „… Sie dürfen einen Anwalt konsultieren."*

Im ersten Moment hatte er doch die Hosen voll gehabt. Obwohl er auf unbegründete Verhaftungen stets vorbereitet gewesen war. Immerhin war es nicht das erste Mal gewesen, dass ihm so etwas widerfuhr. Im zweiten Moment hatte er sich über die Party echauffiert, die er verpassen würde. Das waren Zeiten gewesen, auch wenn er jetzt noch immer kein

Stück besser war. Kaum zu glauben, dass er Grant bereits sechs Jahre kannte. Das kam ihm nicht so vor. Ein lauter Krach von draußen schreckte ihn auf. Er ging ans Fenster und versuchte, seinen Garten zu überblicken. War er in den vergangenen Wochen paranoid geworden? Eindeutig. Aber nicht grundlos. War es endlich so weit? Er schaute auf die Uhr, bald schlug sie Mitternacht. Langsam nahm er an seinem Schreibtisch Platz. Vor ihm lag ein Stapel weißes Papier. Seit Tagen lag es dort, unangetastet. Er griff zum Stift und überlegte, was er schreiben sollte, wie er beginnen konnte. Etwas Alkohol würde da bestimmt helfen. Nein, Coon! Einmal in deinem Leben wirst du nicht trinken. Du musst bei klarem Verstand bleiben. „Na gut. Irgendwie werde ich das hinbekommen." Hm. Das funktionierte ja wunderbar. Er war doch sonst nie derart schwer von Begriff. Musik könnte ihm die nötige Inspiration liefern. Er rollte mit seinem Stuhl zu einem kleinen Beistelltisch, auf dem ein altes Grammophon stand. Als er hier einzog, hatte er darauf bestanden, so ein Teil in seinem Arbeitszimmer zu haben. Neben dem Grammophon sammelten sich unzählige Platten der verschiedensten Genres. „Heute ist mir nach Jazz. Mal sehen, wie wäre es mit Louis Armstrong oder Miles Davis? Meh, geben wir Miles, dem alten Knaben, eine Chance." Er legte die Platte auf und fuhr zurück an seinen Schreibtisch. Die beruhigenden Töne brachten Erinnerungen mit sich. Eine davon war mit seinem Vater. Er war nur acht Jahre alt gewesen, als er von seinem Vater in einen Jazzclub mitgeschleppt wurde. Seiner Nanny ging es an dem Tag nicht gut, und seine Mutter hatte selbst zu tun, also durfte sich sein Vater mit ihm herumschlagen. Aber anstatt dieser bei seinem Sohn blieb, gab er ihn an der Bar ab und verschwand in einem Hinterzimmer. Hach ja, was für eine beschissene Kindheit. Bedauerlicherweise bekam er dadurch Ideen für das Schreiben. „Verdammt", lachte er. Die Worte sprudelten geradezu aus ihm heraus und gelangten in Nullkommanichts aufs Papier. Zum ersten Mal stellte er fest, wie feminin seine Schönschrift doch wirkte. Sah sie immer so aus? Warum hatte ihm das noch keiner gesagt? Die Leute kamen doch sonst bei jedem Scheiß an. Mr. Coon, Ihr Hosenstall ist offen. Mr. Coon, Ihre Krawatte sitzt schief. Mr. Coon, Ihr Wagen steht im Halteverbot. Ach, herrje! Midlife-Crisis wegen Schriftform. Erbärmlich und witzig zugleich. Aus seinem Leben hätte man wirklich eine Drama-Comedy Serie zaubern können oder Bücher. Erneut ertönte ein lauter Krach. Er blickte über seine Schulter zum Fenster, während ein Blitz den dunklen Nachthimmel erhellte. Ein Unwetter zog auf, die ersten Regentropfen prasselten gegen die Scheibe.

„Großartig, es regnet mit Sicherheit die komplette Nacht." An das umschwenkende Wetter hatte er sich relativ schnell gewöhnt. Das hieß jedoch nicht, dass es ihm unbedingt gefiel. Konzentriert widmete er sich dem Brief und suchte nach einem passenden, würdigen Ende. Nun gut, *In Liebe Adam* würde auch seinen Zweck erfüllen. Er legte den Stift beiseite und faltete das Papier so, dass es in einen Briefumschlag passte. Schnell schrieb er noch die Adresse darauf und daneben in Großbuchstaben WICHTIG! Er leckte über den Klebestreifen und schloss den Umschlag. Egal, wo auf der Welt, dieser Klebestreifen schmeckte jedes Mal fürchterlich. Warum? Gab es etwa einen Hauptproduzenten für den gesamten Planeten, der keine Geschmacksnerven besaß? Fragen über Fragen, die wahrscheinlich auf ewig unbeantwortet blieben. Draußen tobte das Unwetter nach wie vor. Der Regen wurde immer heftiger und das Grollen des Donners lauter. Er wollte beinahe sagen, dass er nicht einmal mehr die Musik hörte, aber nein, die Platte war lediglich ausgespielt. Er rollte zum Grammophon, um die Platte auf die B Seite zu drehen.

Zum dritten Mal an diesem Abend krachte es – diesmal ohrenbetäubend. Das war zu hundert Prozent nicht das Unwetter gewesen. Er sprang aus seinem Stuhl und ging ans Fenster, der Stuhl rollte weiter. Draußen war – abgesehen vom Unwetter – alles ruhig. Er fuhr sich durchs Haar und übers Gesicht. Knapp zehn Minuten bis Mitternacht. „Komm, alter Sack, jetzt brauchst du auch keinen klaren Kopf mehr." Das Glas Bourbon war schnell gefüllt, und Coon blickte wieder zum Fenster hinaus. Er hörte, wie sich ihm Schritte näherten. Laute, schwere Schritte. Er seufzte, sein Atem bebte. Er lehnte seine kaltschweißige Stirn gegen das beregnete Fensterglas und schloss die Augen. Die Tür ging auf und plötzlich stand jemand dicht hinter Coon. Er sah nur im Augenwinkel, dass ihm ein Telefon hingehalten wurde. Zögerlich griff er danach. „Ja?", fragte er leise.

„Adam, alter Knabe! Schön, mit Ihnen noch einmal zu reden." Er verspürte keine Freude dabei, Wouter Vaudes Stimme zu hören. Auch, wenn er den niederländischen Akzent mochte. „Es tut mir leid, Adam, Sie wollten den Deal nicht eingehen … Ich bin dagegen, aber Mr. Spencen will es so. Sie müssen wissen, er kann FINK selbst aus dem Gefängnis heraus dirigieren." Coon gab das Telefon zurück.

„Na dann", seufzte er besiegt. Er drehte sich um und schaute seinem Mörder traurig in die Augen. Vielleicht würde er zu Katherine und Grace zurückfinden. Mit ausgebreiteten Armen stellte er sich vor ihn. „Bringen wir es hinter uns." Der Kerl zückte ein langes Messer, leicht zu erkennen aus

Damaststahl, wie es bei FINK üblich war. Er hatte es nicht schwer. Eine gekonnte Bewegung und Coons Kehle war durchschnitten.

Das Blut spritzte aus ihm heraus.

Er sackte zusammen, bewegungslos lag er auf dem Boden.

Seine letzten Atemzüge schmerzten und waren eine pure Qual.

Doch es war schnell vorbei.

Tot.

E P I L O G

Mel! Mel!", stürmte O'Connor schreiend in Grants Büro. „Ich ruf' Sie gleich zurück, Commissioner", legte sie auf und schaute O'Connor zornig an. „Wehe, du hast keine gute Begründung!" Seitdem der Mist in ihrem Liebesleben beendet war, wurde ihre Laune immer schlechter. Karéy hatte sich verabschiedet, weil er nichts Festes erhoffen konnte. Monday brauchte auf einmal eine Pause zum Nachdenken, obwohl er bekommen hatte, was er wollte, schließlich war Karéy weg. Black, der Kerl ging *ihr* gehörig auf die Nüsse. Nahezu jeden Abend wollte er sie zum Essen einladen. Daher hatte sie selbst gesagt: Nein, danke! Und Coon, den wollte sie zur Überraschung an seinem Geburtstag anrufen, jedoch war er nicht erreichbar gewesen. Merkwürdigerweise hatte sie dafür heute Morgen einen Brief von ihm erhalten, geöffnet hatte sie ihn noch nicht.

„Es ist wichtig. Komm bitte mit", forderte er sie bedrückt auf.

„Wenn es nicht wichtig ist, klatscht es", sagte sie und folgte ihm. „Der Commissioner war gerade am Telefon. Es ging um *den* Counter Strike. New Jersey und Connecticut wollen nachziehen." O'Connor führte sie in den Pausenraum. Auf dem Weg dorthin bekam sie viele empathische Blicke ihrer Kollegen. Als Monday sie sah, trat er auf sie zu und umarmte sie. „Es tut mir so leid", flüsterte er. Sie löste sich von ihm und schaute ihn mehr als verwirrt an. Er zeigte auf den Fernseher und die Nachrichten, die liefen.

»*Vor einer Woche geschehen, aber erst heute erreicht es uns. Amerikas sympathischster Milliardär weilt nicht länger unter uns … Adam Coon ist tot. Der Botschaft in Luxemburg zufolge handelt es sich um Mord. Es wurde sogar Bildmaterial von den Behörden zur Verfügung gestellt. Zum einen ein Video der Überwachungskameras. Darauf zu sehen, wie der Täter in das Herrenhaus eindringt. Zum anderen Bilder vom Tatort und vom Korpus! Wer also schwache Nerven hat, sollte wegschauen. Anscheinend wurde an Adam Coon ein Exempel statuiert. Denn, wie man auf den Bildern sieht, ist auf seiner Brust etwas Blutverschmiertes eingeritzt.* INVINCIBLE FINK. *Die Beerdigung fand bereits auf Wunsch des Toten in D.C. statt, begleitet von seinen dortigen Kollegen und Angestellten.*«

„Mel …" Sie rannte an allen vorbei. Das konnte doch nicht wahr sein. In ihrem Büro angekommen, sperrte sie die Tür ab und schloss die Lamellen, damit sie Ruhe hatte. Die Nachrichten kamen ihr so surreal vor. Der Brief. Vielleicht stand dort, dass alles nur ein Scherz sei oder wieder einer seiner grandiosen PR-Gags. Sie riss den Brief auf und erkannte sofort seine Handschrift. Dieser feminine Touch.

»Geliebte Mel, herrje hört sich das schnulzig an. Es wird das letzte Wiedersehen mit dem Tod kommen. Nur diesmal werde nicht ich den Tod spielen, sondern den Toten. Ich kann nicht beschreiben, warum ich der Annahme bin, ich spüre es schlichtweg. Ich bin froh darüber, dass wir uns, na ja, mehr oder minder ausgesprochen haben. Das wurde mir im Endeffekt immer wichtiger. Dass du weißt, dass ich es bereue. Leider ist mir das erst im Nachhinein klar geworden. Gegebenenfalls war die Trennung, wie bereits gesagt, auch die bessere Entscheidung gewesen. Ich meine, schau mich an. Ich kann keine festen Beziehungen mehr aufbauen. Jetzt auf Juliette zu leiten, ist nicht sonderlich von Vorteil, aber sieh es als Mittel zum Zweck. Wir waren zusammen. Sie liebte mich sogar, und ich suchte teilweise Zuneigung bei ihr. Aber was tat ich? Ich betrog und hinterging sie. Rammte ihr sozusagen den Dolch in den Rücken. Wurde einmal handgreiflich. Das ist nicht zu entschuldigen, jedoch hätte *sie mich nicht provozieren müssen. Nun ja, wie du siehst, war es bei uns ähnlich, aber mit dem Unterschied, dass ich dich nie geschlagen habe. Außer auf dem Schießplatz. Dreißig Punkte Vorsprung. Und dass ich dich tatsächlich liebte. Nein, liebe.*

Ungeniert, wie das Nächste auch sein wird, muss ich kurz zu meinem Nachlass kommen. Vor ein paar Wochen machte ich mir Gedanken und setzte ein Testament auf. Größtenteils habe ich mich um alles gekümmert.

Du weißt, ich leite nicht immer direkt die Geschäfte meiner Unternehmen. In New York habe ich Nolan, in D.C. meinen Junior Chef und in Luxemburg wird vorerst mein Berater übernehmen. Bleibt natürlich die Frage, wer wird CEO.

Ich biete dir den Posten an. Du musst nicht, aber ich wünsche es mir für dich. Dir vertraue ich einfach am meisten. Wie bereits erwähnt, brauchst du die Geschäfte nicht allein zu führen. Viel mehr sollst du eine Art Repräsentantin der Unternehmen sein, wenn du möchtest. Selbstverständlich darfst du auch mehr Verantwortung übernehmen.

Aber das war noch nicht alles. Abgesehen von dem Sparbuch für den kleinen Curtis überlasse ich dir mein gesamtes Hab und Gut, Immobilien und Geld. Du kannst damit machen, wonach dir steht. Ich weiß, das ist erst einmal viel zu verarbeiten, aber ich habe noch eine beziehungsweise zwei Bitten. Sie stehen nicht im Testament, weil sie mir erst später eingefallen sind. Ich werde in D.C. neben Kate und Grace begraben. Mit meinem Tod soll nicht nur mit meinem Leben abgeschlossen werden, sondern auch mit allem, was damit zusammenhing. Es wird sicherlich so enden, wie es begonnen hat. Daher die erste Bitte, da sich vor der Beerdigung jemand an dich wenden wird … Oder? Wenn jemand ohne Verwandte stirbt, wird doch der Notfallkontakt informiert, nicht wahr? Wie dem auch sei, ich möchte gern in dem Anzug begraben werden, in dem wir uns zum ersten Mal begegnet sind. Er dürfte in meinem Büro in New York hängen. Außerdem, die zweite Bitte, möchte ich mit meinem Ehering begraben werden, der liegt auch im Büro, du weißt wo.

Und jetzt bin ich an einer Stelle, da fällt mir nichts mehr ein, was ich noch schreiben könnte. Auf dem Brief sieht man natürlich nicht, wie viel Zeit dazwischen verstrichen ist. Es waren durchaus einige Minuten. Ich habe dir alles geschrieben, würde mich in bestimmten Dingen nur wiederholen. Nimm dir meinen Tod nicht allzu sehr zu Herzen und trauere nicht. Versuche, dein Leben fröhlich weiter zu bestreiten. Anders würde es niemandem helfen oder weiterbringen. Ich bin nicht gläubig, aber meine nicht-versaute, moralisch flexible Seele wird immer ein Auge auf dich behalten. Du kennst es ja, mich wird man nie ganz los. Ich bin wie Genitalherpes. Einmal gehabt, kommt es immer wieder. Begehe ich gerade

Totenlästerung über mich selbst? Verzeih mir, es ist spät. Bald läutet die Glocke zwölf. Aber zurück zum Thema. Ich werde immer irgendwo da sein, wenn auch nicht in Person, doch das soll dich nicht traurig machen oder so. Wehe, du weinst. Weine nicht! Nicht um mich alten Drecksack. Freu dich lieber, dass mein Geist dir fortan rund um die Uhr im Nacken sitzt.

Nun gut, bevor der „kleine Brief" hier ausartet, sage ich auf Wiedersehen.

In Liebe dein Mr. Anhängsel (ein passender Spitzname, den mir die Jungs gaben)

PS: Du bist die wohl hübscheste, lustigste, interessanteste und gleichzeitig frustrierendste Person, die ich je kennen und lieben lernen durfte.«

Fassungslos darüber, was sie da las, schob sie den Brief in ihre Hosentasche und verließ das Revier. Ihre Kollegen hielten sie nicht auf, schauten ihr nur nach. Sie sollte nicht weinen? Nicht trauern? Wenn sie nicht zusammen waren und der Hass zuletzt verklungen war, dann waren sie zumindest annähernd Freunde gewesen. Sie konnte nicht verstehen, wie er wusste, dass er sterben würde und nichts dagegen getan hatte. Wie er geschrieben hatte, dass es sicherlich so endete, wie es begonnen hatte. Das Tatortfoto mit seiner aufgeschlitzten Kehle schoss ihr in den Kopf.

Es war wieder der 19te Oktober 2012. Grant hatte die Wette gegen Coon verloren und musste nun mit ihm essen gehen. Gerade hatte sie ihn gefragt, wie seine Familie umgekommen war. Sie wollte es unbedingt wissen, schnell aber wurde ihr unwohl.
„Ich erreichte meinen Loft", erzählte Coon, „wo mich ein Officer bereits erwartete. Ab diesem Moment ahnte ich schon Schlimmes. Ich ignorierte den Beamten, das gelbe Absperrband an der Wohnungstür, einfach alles. Ich folgte den Schildern der Spurensicherung und den Blutflecken, die an den Wänden und auf dem Teppich zu sehen waren, bis ich schließlich vor dem Zimmer meiner Tochter stehen blieb. Ich öffnete langsam die Tür und da lagen die beiden. Meine Tochter Grace und meine Frau Katherine mit aufgeschlitzten Kehlen."

Ein tiefer Schluchzer entfuhr ihr und die Dämme brachen, unkontrolliert liefen die Tränen. Die Vorstellung dieser Grausamkeit schlug ihr auf den Magen. Und dann das Testament, der ganze Nachlass. Was sollte *sie* mit dem vielen Geld, den

Immobilien und allem anderen? Wie war er auf die Idee gekommen, ihr die Firmen zu überschreiben? Überhaupt warum *sie*? Sie kannte sich doch gar nicht in der Materie der „Reichen und Schönen" aus. Momentan war es alles zu viel für sie, sie fühlte sich plötzlich eingeengt und unter Druck gesetzt. *Du kannst damit machen, wonach dir steht.* Was, wenn sie mit dem Geld etwas machte, was nicht in seinem Sinne gestanden hätte? *Repräsentantin. Führst die Geschäfte nicht allein.* Was, wenn sie es trotz Hilfe schaffte, die Firmen an die Wand zu fahren? Zum Glück war sie endlich an ihrem Ziel angekommen, denn sie begann, leicht zu hyperventilieren.

Coon Investments. Der Coon Tower, wie er liebevoll genannt wurde, erstreckte sich in zweihundertzehn Metern Höhe im Herzen Manhattans. Mit zittrigen Händen drückte sie die Türklinke nach unten und trat in sein altes Büro. Irgendwie wirkte es anders auf sie. Sie nahm es anders wahr, jetzt, wo er nicht mehr war. Aber was dachte sie, nicht mehr war? DAS war SEIN Büro gewesen, überall war er noch präsent. Sie lief umher und durchforstete die Schränke. Im letzten fand sie einen schwarzen Kleidersack. Ganz allein hing er dort. Bedacht zog sie den Reißverschluss auf und erkannte den dunkelblauen Stoff. Es war *der* Anzug, von dem Coon geschrieben hatte. Sie erinnerte sich, es war tatsächlich der Anzug, in dem sie ihn damals abgeführt hatte. Bevor sie sich weiter daran aufhielt, ging sie an seinen Schreibtisch und setzte sich. Sie schaute auf ihre Finger, der grüne Smaragd blitzte ihr entgegen. *Der gehörte meiner Nanny … Es ist mir wichtig, dass er sicher ist … Ich wollte mich nur* endgültig *bei dir verabschieden.*

„Oh, Gott! Selbst da hatte er es schon geahnt. Dieser Idiot, warum hat er nichts gesagt!", wütend schlug sie mit beiden Fäusten auf den Tisch. Es klickte leise. Grant lugte unter den Tisch, da fiel es ihr ein. Coons supergeheimes Geheimfach im Schreibtisch, was auch überhaupt keiner kannte. Sie griff hinein, in ihren Händen sein Ehering. Weder mit dem noch mit dem Anzug wurde er beerdigt. Sie hatte erst heute davon erfahren, es war zu spät gewesen. Jedoch wunderte es sie, dass sie als sein Notfallkontakt nicht von seinem Tod unterrichtet wurde. Auch wunderte sie die Tatsache, dass sie trotz Trennung sein Notfallkontakt gewesen war. Normalerweise behielt man an dieser Stelle nicht die Ex. Obwohl, was war bei den beiden jemals normal gewesen? Aus ihrem Bauchgefühl heraus entschied sie sich dazu, den Ring mitzunehmen und steckte ihn in ihre Tasche. Sie schloss das Fach und betrachtete die gerahmten Bilder vor ihr auf dem Tisch. Es waren nur zwei an der Zahl, doch sie hätte nie gedacht, diese hier in seinem Büro zu sehen. Auf dem einen waren Coon und sie abgebildet, als sie bei ihren Eltern auf Staten Island zu Besuch waren. Zu dem Zeitpunkt erinnerte er sich zwar nicht sonderlich groß an sie, aber es war dennoch schön gewesen. So musste er auch darüber gedacht haben. Das andere Bild hatte sie damals zum ersten Mal in D.C. gesehen, nur war es diesmal kein Polaroid. Ein sehr emotionales Bild, wie Grant empfand. Er wirkte so fröhlich darauf mit Katherine an seiner Seite, die die kleine Grace auf dem Arm hielt. Wehmütig strich sie über das Gesicht des Foto-Coons. Dann verschränkte sie ihre Arme hinter ihrem Kopf und drehte sich samt Stuhl zum Fenster. Eins stand fest, es war viel. Ob sie das alles annehmen würde, stand noch in den Sternen. Die Marke, den Lebensstil, den Namen Coon würde sie unter allen Umständen in Ehren halten und selbst nicht beschmutzen oder von irgendjemandem beschmutzen lassen. Sie nahm die Hände nach unten und blickte nach draußen. Die Aussicht war beeindruckend. Von hier oben kam einem das tägliche New Yorker Treiben, besser gesagt Chaos, nahezu zierlich und harmlos vor. Für einen kurzen Moment schloss sie die Augen. Wieder einmal hatte der Kanadier es geschafft, ihr

Leben komplett auf den Kopf zu stellen. Diesmal sogar aus dem Grabe heraus.

Ein neues Kapitel würde also sehr bald beginnen, wenn es nicht längst begonnen hatte.

„Man kann sagen, das ist das Ende einer Ära."

Adam Coon

-

Der Tod

serviert mit Essig

Band 1

Ein erstklassiges Team von Detectives. Eine Millionen-Metropole. Ihre Opfer. Und ein kindischer, dennoch liebenswürdiger Ex-Attentäter und seine Vergangenheit.

Herbst 2012. Ein Mord im Central Park und in das Visier der Ermittlungen gerät der millionenschwere Unternehmer Adam Coon. Nach kurzer Zeit aber wird seine Unschuld bewiesen und er darf wieder zurück auf die Straßen New York Citys. Doch wer ist der wahre Täter? Detective Melinda Grant ist am Verzweifeln. Sie tritt erneut in Kontakt mit Coon und bittet ihn um seine Hilfe. Dass seine Vergangenheit dabei eine große Rolle spielen wird, ahnt zu diesem Zeitpunkt noch keiner der beiden...

Adam Coon

-

Der Tod

im Klärwerk

Band 2

Ein Coon. Zwei Städte. Viele Tote. Mehrere Behörden.
Noch mehr Verdächtige. Aber nur ein wahrer Übeltäter.

Herbst 2015. Der nervige Kanadier Adam Coon ist zurück und zieht
erneut durch die Straßen der Millionen-Metropole New York. Doch
warum taucht auf einmal das FBI im Polizeirevier auf? Und was will
es von der toughen Mordermittlerin Melinda Grant und ihrem
Team? Fragen über Fragen, die nicht mit einem Satz zu beantworten
sind. Daher ist es kein Wunder, dass sich Grant und Coon bald nach
Washington D.C. begeben, um eine Reihe mysteriöser Dinge aufzuklären. Ein schönes Ende wird es dabei nicht geben und neue Fragen
entstehen...

Adam Coon

-

Der Tod in

Person

Band 3

Dezember 2015.

Wenn ein Moment alles vergessen lässt. Und das Verlangen nach
etwas Menschen Schlimmes tun lässt.

Wenn neue Freunde und alte Feinde aus dem Untergrund auftauchen. Und Psychopathen aus den dunklen Schatten der Gesellschaft
treten.

Dann ist das Team des 17ten Reviers gefragt und wird auf die här-
teste Probe gestellt, die es je zu bewältigen hatte.

An alle, die sich als Charakter hierin wiederfanden:

Es tut mir leid.

Wirklich.